OF MICE AND MEN

人鼠之間

1962年諾貝爾文學獎得主

JOHN STEINBECK

約翰·史坦貝克——著　蔡宗翰——譯

第一章

在索立鎮南邊幾公里的地方，薩利納斯河的河道緊貼山邊，水深且綠。水溫並不低，因為陽光把河水曬得暖暖的，在河邊黃色的沙地上濺起亮光，然後河水流進了一個狹窄的池子。河的一側，金色的邊坡愈往高處，愈發崎嶇，最後化作加比蘭山脈的堅石。但在靠山谷的另一邊，河岸成林。每年春天，柳樹新綠，低垂的葉梢撫著雪融後的奔流，葉間偶爾會夾雜一些從山上沖下來的殘枝碎屑；美國梧桐斑駁的白色枝條橫越池上。樹下的沙地覆滿厚厚一層脆裂的落葉，蜥蜴在其中竄梭，窸窣作響。到了傍晚，兔子會從灌木叢間現身，坐在沙地上。夜裡，平坦的河岸成了其他動物的天地：四處探路的浣熊、腳趾分明的農場獵犬、在漆黑中來喝水的鹿，都一一在濕軟的地上留下了足跡。

柳樹和梧桐之間，有一條被踩平了的小徑。無論是要到水池游泳的農場男孩，還是沿著公路走了一整天，傍晚時想在河岸湊合著歇一晚的流浪漢，都走這條路。小徑旁有一棵特別高大、樹根低橫的美國梧桐，樹前留有一堆灰燼，看來很多人在這兒生過火，他們的屁股已經把樹根坐得光滑。

＊＊＊

熱了一天，樹葉間的微風揭開夜晚，暮色漸漸向山頂蔓延。在沙岸上，兔子靜靜地坐著，如一尊又一尊的小小灰色石雕。這時，從州際公路那兒，傳來了踩在清脆落葉上的腳步聲。一聽到聲響，兔子迅速無聲地躲了起來。一隻警覺的鷺鷺奮力飛起，然後重重落在河面上。有那麼一刻，周遭毫無動靜。最後，有兩個男人沿著小徑來到綠色的池子邊。

他們一前一後沿著小徑走了過來；來到開闊處，仍然維持一人在前，一人在後。兩人都穿著牛仔褲和帶有銅扣的牛仔外套，戴著黑色軟帽，肩上揹著捆實的毯子。走在前面的男人身材矮小，動作俐落，膚色黝黑，眼睛四處張望，五官分明。他全身上下都抖擻有神：不大但有力的雙手、精瘦的臂膀、直挺的鼻梁。在他背後的另一個人則和他完全相反：這個人個頭高大，有一張寬垮的臉，一雙蒼白的大眼，和一對下垂的寬闊肩膀。這位仁兄步伐沉重，像是一頭熊一樣拖著腳走路。行進時，他的手臂不會在身體兩側自然擺動，而是無力地垂在身旁。

走在前頭的那個人在空地上驟然停住，跟在後面的大個子差點撞了上去。前面的那人脫下帽子，用食指擦了擦帽子內裡的吸汗條，然後甩掉手上的汗水。後頭的大個子把毯子往旁邊一扔，趴下身體，直接就綠色的池子喝起水來。他大口暢飲，像匹馬悶著頭吸水。矮小的男人緊張地走到他身邊。

「蘭尼！」他斥責道：「蘭尼，該死！不要喝那麼多。」蘭尼繼續悶頭喝著池水。矮小的男人彎下身子，搖搖大個子的肩膀，說道：「蘭尼，你再喝下去，就會像昨天一樣吐個稀巴爛。」

蘭尼把整顆頭都浸到水裡，帽子也沒脫。當他終於在岸邊坐了起來，帽子還不斷滴著水，把他的藍色外套都弄濕了，水還流到了背上。「真好喝。」他說：「喬治，你也喝一些，喝一大口。」他笑開了。

喬治卸下包袱，輕輕放在河岸邊。他說：「我不覺得這是可以喝的水，看起來髒到爆。」

蘭尼把大手伸到池子裡，甩甩手指，濺起一些水花，漣漪從池子的這邊盪到另一頭，然後又反彈回來。蘭尼看著漣漪說：「喬治，你看，看我變出了什麼東西。」

喬治跪坐在池邊用手舀水，很快地喝了幾口。「還不難喝。」他承認：「可是這看起來不是活水。蘭尼，給我記得，死水不可以喝。」他的聲音聽起來有點絕望。「你一渴，水溝的水也會喝。」他舀水潑潑臉，再用手搓一搓，下巴底下和脖子後面也都擦洗了一下。然後他戴上帽子，從河岸邊退開，雙手抱住膝蓋坐著。一直看著喬治的蘭尼，也有樣學樣。他退開，屈起膝蓋，然後雙手抱膝。他看看喬治，再看看自己有沒有做對。他也像喬治那樣，把自己的帽子拉低了一點。

喬治有些鬱悶地盯著池子。他眼睛四周的皮膚被陽光曬得通紅。他突然生氣地說：「我們根本可以直接搭到農場就好，那個混蛋公車司機根本胡說八道！『沿著公路走，一小段路而已，一下就到了。』該死，根本還要六七公里！他只是不想開到農場去。真是該死，有夠懶！說不定他根本不想在索立鎮停車。竟然就這樣把我們踢下車，什麼『一小段路而已』，根本放屁。我敢說，一定不只六七公里。幹他媽的，真是熱到昏頭。」

「喬治？」蘭尼怯怯地看著他。

「幹嘛？」

「我們要去哪裡？」

喬治把帽沿往下扯，皺著眉頭看著蘭尼。「你已經忘了，對吧？我又要再跟你說一次嗎？老天啊，你這個腦袋有洞的混蛋！」

「我忘了，」蘭尼小聲地說：「我有要自己不要忘記。我真的有，喬治，我對上帝發誓。」

「好吧，好吧。我再告訴你一次。可是我不是成天沒事幹，跟你說這個那個，然後你又給我忘記，然後我又要再跟你說一次。」

蘭尼說：「我試過要記住，可是沒用。我記得兔子，喬治。」

「兔子個屁，你只記得兔子！現在你給我耳朵張大聽，記下來，這樣我們才不會他媽的又惹上麻煩。你還記得我們坐在霍華德街的水溝裡，還有看那塊公告板的事情嗎？」

蘭尼裂嘴大笑：「當然啊，喬治。那個我記得……可是……然後我們……？我記得有些女孩走過來，你說……你說……」

「管我到底說什麼！你記不記得我們去了莫瑞和雷迪的店，拿了工作簔和公車票？」

「哦，當然，喬治。那個我記得。」他的手迅速伸進外套側邊的口袋。他輕輕地說：「喬治……我的工作簔和車票呢？我一定是弄丟了。」他絕望地低頭看著地面。

「你這笨得要死的混蛋怎麼會有！兩張都在我這裡。你覺得我會讓你自己拿嗎？」

蘭尼鬆了一口氣，開口笑了。「我……我以為我放在外套的口袋。」他的手又伸進口袋裡。

喬治眼神銳利地看了他一眼。「你給我從口袋拿什麼鬼東西出來？」

「我的口袋沒有東西。」蘭尼自以為聰明地說。

「我知道你口袋什麼屁也沒有。你拿在手上。你手裡是什麼，你給我藏什麼？」

「我什麼都沒有。真的，喬治。」

「別裝，拿出來。」

蘭尼緊握著手，讓手離喬治遠遠的。「只是一隻老鼠，喬治。」

「一隻老鼠？活的老鼠？」

「呃，只是一隻死老鼠。喬治，不是我弄死的。真的！我只是找到而已。我找到的時候牠就已經死了。」

「給我！」喬治說。

「噢，喬治，給我拿著好不好？」

「交出來！」

蘭尼慢慢攤開手。喬治抓住老鼠，扔了出去，丟到池子另一邊的樹叢裡。

「你幹嘛要一隻死老鼠？」

蘭尼說：「我可以一邊走一邊用大拇指摸著玩。」

「老兄，和我走在一起，你可不能摸著老鼠玩。你記得我們現在要去哪裡嗎？」

蘭尼嚇了一跳，然後不好意思地用膝蓋遮住自己的臉。「我又忘記了。」

「老天啊。」喬治無奈地說：「好吧，專心聽好。之前我們不是在北邊的一間農場工作嗎？我們現在要去另一間農場。」

「北邊嗎？」

「雜草鎮。」

「哦對。我記得。雜草鎮。」

「我們現在要去的那間農場，離這邊大概四百公尺。我們要去那裡見農場的老闆。現在，聽好了。我會把工作簽給他，你什麼話都不要說。你就好好站著，什麼話都不准說。如果他發現你是一個腦袋有洞的混蛋，我們就沒工作做了。如果他在聽到你說話之前先看到你做事，那我們就一切妥當。這樣清楚嗎？」

「當然，喬治。我懂了。」

「好。那我們去見農場老闆時，你要做什麼？」

「我……我……」蘭尼用力地想，整張臉繃得緊緊的。「我……我不要說話，站著就好。」

「好孩子，很好。你自己唸個兩三遍，這樣才不會忘記。」

蘭尼對自己喃喃唸著：「我不要說話……我不要說話……我不要說話。」

「好，」喬治說：「你也不要給我像在雜草鎮一樣做壞事。」

蘭尼很困惑：「像在雜草鎮一樣？」

「哦，所以你連這個也忘了？也好，我不要提醒你，不然你又來一遍。」

蘭尼好像突然理解什麼似的，整張臉都亮了起來。「他們把我們趕出了雜草鎮。」他驕傲地嚷嚷。

「媽的，把我們趕出去。」喬治厭惡地說道：「好險我們逃得快。他們到處找，但沒抓到。」

蘭尼開心地咯咯笑：「這個我可沒有忘。」

喬治躺在沙地上，雙手交叉放在腦後，蘭尼學他，還抬起頭來看自己有沒有做對。「老天，你真是個大麻煩。」喬治說：「如果你沒有在我屁股後面跟著，我可以過得輕鬆又愉快。我可以多輕鬆，甚至交一個女朋友。」

有一刻，蘭尼安靜了下來，然後他滿懷希望地說：「我們要去農場工作，喬治。」

「沒錯，你懂了。但是我們今天晚上要睡在這裡，我有我的理由。」

天色瞬間暗了下來，整座山谷已經沒有陽光，只剩加比蘭山脈的山頂還亮著。一條水蛇在水池裡滑來溜去，頭抬得高高的，像一座小潛望鏡一樣。蘆葦在水流中略微抽動。在公路遠處，有一個人在大叫，另一個人喊了回去。大梧桐的枝幹在一陣瞬間止息的微風中沙沙作響。

「喬治，為什麼我們不去農場吃飯呢？那裡有晚餐。」

喬治翻了個身。「沒有為什麼。我喜歡這裡。明天我們就要工作了。我在路上有看到打穀機，看來又有一堆穀袋等著我們扛，累個半死。今天晚上我要躺在這裡看天空，我喜歡這樣。」

蘭尼跪坐起來，低頭看著喬治。「我們沒有晚餐吃嗎？」

「如果你去撿一些乾掉的樹枝來，我們就會有飯吃啦。我的包包裡有三罐豆子罐頭。你去撿樹枝準備生火。我會給你一根火柴。火升起來，豆子熱了，我們就可以吃了。」

蘭尼說：「我喜歡用番茄醬配豆子。」

「我們沒有番茄醬。快去撿樹枝，別到處亂晃，等一下天就黑了。」

蘭尼笨重地站了起來，消失在灌木叢中。喬治繼續躺著，輕聲吹著口哨。從蘭尼走去的那個方向傳來河水濺起的聲音。喬治停下口哨，豎起耳朵聽。「可憐的混蛋。」他輕聲說，然後重新吹起口哨。

過了一會兒，蘭尼笨重地從灌木叢竄出來，手裡拿著一根細細的柳樹枝。喬治坐起身，粗聲粗氣說：「給我把那隻老鼠拿出來！」

蘭尼比了一個複雜的手勢，裝出一派無辜的模樣。「喬治，什麼老鼠？老鼠不在我身上。」

喬治伸出手。「別裝，交出來，不要想混過去。」

蘭尼猶豫了一下，慢慢退後，不斷回頭看著矮樹叢，好像在想是不是應該乾脆就這麼跑走，讓自己自由。喬治冷冷地說：「你是要給我那隻老鼠，還是我要揍你一頓？」

「我要給你什麼，喬治？」

「該死，不要明知故問。把那隻老鼠給我。」

蘭尼無奈地把手伸進口袋裡，有點哽咽地說：「為什麼我不能養老鼠？這隻老鼠又不是別人的。我也沒偷，牠就躺在路邊。」

喬治的手伸得直直的，威嚇著蘭尼。蘭尼就像一隻不想把球傳給主人的小獵犬，慢慢地走近，又退後幾步，又走近。喬治用力彈了一下手指。一聽到聲音，蘭尼立刻把老鼠放到喬治手上。

「我沒做什麼壞事，喬治。我只是摸著玩。」

喬治站起身子，用盡全力把老鼠丟進隱沒在暗夜中的灌木叢裡，然後走到池子邊洗洗手。「你腦袋裡裝什麼渣？你以為我沒看到你褲管是濕的嗎？一看就知道你走過河去找老鼠。」他聽到蘭尼的抽噎聲，轉過身來。「哭得像小嬰兒一樣！該死！像你這樣的大個子，哭個屁！」蘭尼的嘴唇顫抖，淚水盈滿了眼睛。「噢，蘭尼！」喬治把手放到蘭尼的肩膀上。「我不是故意要欺負你才丟掉老鼠的，蘭尼。那隻老鼠不乾淨。而且，你這樣摸著玩，牠已經爛成一團了。你如果找到一隻新的老鼠，我會讓你養一下子。」

蘭尼垂頭喪氣地坐下。「我不知道哪裡還有老鼠。我記得以前有個女士會給我老鼠，她把她有的每一隻都給我。但是那位女士現在不在這裡。」

喬治冷笑了一聲。「一位女士嗎？你連那位女士是誰都想不起來了嗎？那是你的克拉拉姨媽。她最後也不給你老鼠啦。你每次拿到都把牠們玩死。」

蘭尼哀傷地抬頭看著喬治。「牠們好小，」他充滿歉意地說：「我只是摸摸牠們，誰知道牠們就咬我的手，我一痛，就捏捏牠們的頭，然後牠們就死了——牠們好小一隻。我希望我們可以有兔子，喬治。兔子比較大隻一點。」

「兔子個屁！活老鼠都玩死了，還想要兔子？你根本不會養。你的克拉拉姨媽後來給你一隻橡皮老鼠，可是你怎樣都不要。」

蘭尼說：「那不一樣，又不好玩。」

落日餘暉從山頭褪去，山谷變得昏暗，暮色覆上了柳樹和美國梧桐。一條大鯉魚游到池水的表面，吸了氣，然後又神祕地潛入黑暗的水中，只留下漣漪陣陣向外擴散。頭頂上，樹葉又被吹動了起來，柳絮飄落，漂浮在水池上。

「你到底要不要去撿一些樹枝回來？」喬治命令道：「那棵大樹後面有很多被水沖下來的樹枝，現在去給我撿過來。」

蘭尼走到大樹後方，帶回來一堆乾枯的樹葉和小樹枝，扔到舊的灰燼堆上，他來來回回走了好幾趟。天幾乎已經全黑了，從水面上傳來鴿子振翅的聲音。蘭尼堆好後，喬治走向枝葉堆，點燃乾燥的葉子。火焰從樹枝間竄出，燒了起來。喬治解開行囊，拿出三罐豆子。他把豆子一一擺在火堆旁，盡可能地靠近，但沒有真的接觸到火焰。

「這些夠四個人吃了。」喬治說。

蘭尼從火堆旁看著他，緩緩地說：「我喜歡配番茄醬。」

「我們什麼都沒有！」喬治大吼：「你要的東西，都是我們沒有的東西。你幹他媽的該死！如果我自己一個人生活，可以過得多輕鬆！我可以找一份工作，每天上工下工，沒有麻煩，什麼亂七八糟的事情都沒有。到了月底，我可以拿我五十塊錢的薪水，到城裡花個痛快。我可以整個晚上泡在妓院；我可以在隨便一間飯店或餐廳大吃一頓，什麼鬼東西都點。該死，我每個月都可以這樣過，大喝威士忌，到處玩，要打撞球或玩撲克牌，什麼都行！」蘭尼跪了下來，隔著火看著憤怒的喬治，他的臉縮成一團，整個人嚇壞了。「但我現在這個樣子，」喬治生氣地說：「我還要照顧你！你什麼都做不久，而且還害我一起丟工作，我們為了討生活，只好到處跑，但這還不是最慘的，你一直惹麻煩，你一有事，我就要幫你脫身。」他幾乎是用吼的。「你這個婊子生的廢物！我每天都過得緊張兮兮。」然後喬治換了口氣，故意裝作小女孩彼此互相模仿的樣子：「我只是想要摸摸看那個女生的衣服，我只是想摸摸看，像摸小老鼠一樣。幹，她哪裡知道你只是想摸摸看她的衣服？她都已經用力扯開了，你還一直抓著，你以為她是老鼠嗎？她尖叫，每個人都跑出來要抓我們，我們只好在灌溉水溝裡躲一整天，還好最後有摸黑逃走，離開那個地方。一直都是這樣的蠢事，一直都是這樣。我好想把你和一百萬隻老鼠一起關在籠子裡，讓你玩個開心。」突然間，他氣消了。他看著火堆對面蘭尼痛苦的臉，然後愧疚地看著火焰。

天完全黑了，但是火堆的光照亮了樹幹和頭頂上方那些彎曲的樹枝。蘭尼小心翼翼地在火堆旁爬行，爬到靠近喬治的地方。他坐在自己的腳上。喬治幫豆子罐頭轉邊，讓另一面對著火。他假裝不知道蘭尼在他身邊。

「喬治。」蘭尼輕聲叫道。喬治沒有理他。「喬治！」

「你要幹嘛？」

「我只是說著玩的，喬治。我不要番茄醬。就算番茄醬在旁邊，我也不吃。」

「如果我們有番茄醬，你可以用一些。」

「我不會吃，喬治。我會把全部都留給你。你可以幫豆子灑滿番茄醬，我什麼都不會碰。」

喬治仍悶悶不樂地盯著火堆。「我只要一想到沒有你我可以過得多爽，我就會失控，怎樣都平靜不下來。」

蘭尼仍然跪著。他望著河對面，對面一片黑暗。「喬治，你要我走開，讓你一個人嗎？」

「幹，你有哪裡可以去？」

「很多啊，我可以往那邊的山上去，隨便找一個山洞。」

「這樣嗎？你要吃什麼？你沒有腦袋，怎麼找得到東西吃？」

「我會找到東西吃的，喬治。我不需要什麼好東西來配番茄醬。我可以躺在陽光下，沒人會傷害我。如果我找到老鼠，我就可以養，沒有人可以把牠從我身邊奪走。」

喬治掃了他一眼，試探地問：「我很壞，對不對？」

「如果你不要我，我可以去山上，找一個山洞。我隨時都可以走。」

「不要！我只是亂講的，蘭尼，因為我希望你和我待在一起。老鼠很麻煩，是因為你一直把牠們弄死。」他停頓了一下又說：「我告訴你，蘭尼，我一有機會，就會給你一隻小狗。也許小狗不會被你玩死，小狗會比老鼠好，而且你可以大力一點。」

蘭尼沒有上當。他意識到自己佔了上風。「如果你不想要我，你就直說，我會去那邊的山，去山上那邊，在那裡自己生活。我也不會讓我的老鼠被偷走。」

喬治說：「我要你和我待在一起，蘭尼。老天啊，如果你自己一個人，有人可能會誤以為你是狼，一槍就把你給斃了。不行，你要和我在一起。你死掉的克拉拉姨媽也不會想要看到你一個人晃來晃去。」

蘭尼狡猾地說：「說故事給我聽，像以前那樣。」

「說什麼？」

「兔子的事。」

喬治突然發火，大聲說：「你不要命令我。」

蘭尼懇求道：「拜託，喬治。講給我聽，拜託，喬治。你以前不是說過嗎？」

「你很喜歡聽那個是不是？好吧，我說給你聽，然後我們再來吃晚餐……」

喬治的聲音變得低沉。他很有節奏地重複起自己的話，好像之前已經說過很多遍了。「通常，像我們這樣在農場工作的人，是世界上最孤獨的人。沒有家庭，不屬於任何地方。到一間農場，賺了錢，然後進城去花個精光。過不了多久，換到下一間農場，又重來一次。人生沒有什麼好期待的。」

蘭尼聽得很開心。「就是這樣，就是這樣。可是我們不一樣，對吧？」

喬治繼續說：「我們不一樣。我們有未來。我們有人可以說話，有人在乎我們。我們不用因為沒有地方去，所以跑到酒吧花錢買醉。他們哪天被送進牢裡，大概就爛死在那裡。但我們不會有這樣的下場。」

蘭尼打斷喬治的話：「我們不會那樣！為什麼呢？因為……因為我有你照顧我，你有我照顧你，這就是為什麼。」他高興大笑。「喬治，繼續說！」

「你都會背了，你可以自己說。」

「不要，你說。我有一些忘了。你說下去。」

「好吧。總有一天，我們要把賺的錢湊起來，買一間小屋子，幾英畝的土地，還有一頭牛和一些豬，然後……」

蘭尼大聲喊：「靠土地生活！還要養兔子。繼續說，喬治！我們的花園有什麼東西，還有籠子裡的兔子的事，還有冬天的雨，還有爐子，還有牛奶上的奶油有多厚，切都切不下去。趕快說下去嘛，喬治。」

「你幹嘛不自己說？你都知道。」

「不要，我要你講，我說的不一樣。說下去嘛，喬治。告訴我我會怎麼養兔子。」

「好吧，」喬治繼續說：「我們會有一片很大的菜園，還有一個養兔子的籠舍和一堆雞。冬天如果下雨，我們幹嘛工作？我們可以在爐子裡生個火，坐在旁邊，聽雨打在屋頂上的聲音──不講了，發瘋嗎？」他拿出小刀。「我可沒那個閒時間繼續說。」他用刀子打開一個罐頭，拿掉蓋子，然後把罐頭遞給蘭尼，接著打開第二個罐頭。他從口袋拿出兩把湯匙，一把遞給蘭尼。

他們坐在火堆旁，嘴裡塞滿豆子，大嚼特嚼，幾顆豆子從蘭尼的嘴巴裡掉了出來。喬治拿著湯匙邊講邊比劃：「明天老闆問你問題，你要說什麼？」

蘭尼停止咀嚼，把食物都吞了進去。他很用力地想。「我……我什麼……我一個字都不會說。」

「好孩子！很好，蘭尼！也許你進步了。你如果表現得那麼好，什麼事都好好記得，那我們有幾英畝地的時候，我可以讓你好好養兔子。」

蘭尼非常驕傲。「我可以記住事情。」他說。

喬治再次用湯匙示意。「現在我跟你說，蘭尼。我要你好好看看這裡。你可以把這個地方記下來吧？我們要去的那座農場差不多是往那邊再走四百公尺，順著河流走就對了。」

「好的。」蘭尼說：「我記下來了。我不是記得我不可以說話嗎？」

「你真的做得很好。好，注意聽好，蘭尼，如果跟以前一樣，你惹了麻煩，我要你直接到這裡來，躲在灌木叢裡。」

「躲在灌木叢裡。」蘭尼緩緩地說。

「躲在灌木叢裡，等我來找你。這樣你記得嗎？」

「我當然記得。躲在灌木叢裡，等到喬治你來。」

「但是你不會惹上任何麻煩的，因為如果你這樣做，我就不會讓你養兔子。」他把空豆罐丟進灌木叢裡。

「我不會惹上麻煩的，喬治。我一個字都不會說。」

「很好。把你的包包移到火堆旁邊來。睡在這裡很舒服。你看上面，上面有樹葉。不用再丟東西進去燒了，讓火慢慢熄掉吧。」

他們在沙岸弄了個睡覺的地方。火堆沒了烈焰，周圍也就漸漸變暗。彎彎曲曲的樹枝消失在黑暗中，只剩下微光顯示出樹幹的位置。蘭尼從黑暗中叫道：「喬治，你睡著了嗎？」

「還沒。你要幹嘛？」

「我們要養不同顏色的兔子，喬治。」

「當然，」喬治帶著睏意說道：「紅色、藍色和綠色的兔子，蘭尼。幾百萬隻兔子。」

「毛茸茸的兔子，喬治，就像我在沙加緬度的博覽會上看到的那種。」

「當然，毛茸茸的兔子。」

「因為我也可以就這樣走開，去住在山洞裡。」

「你也乾脆下地獄算了。」喬治說：「給我閉上你的鳥嘴。」

火勢漸弱，只剩下餘燼的一點紅光。河邊的山丘上，有隻土狼叫個不停，一隻狗從河對岸吠了回去。大梧桐的葉子在微微的夜風中低語。

第二章

工寮是一棟長方形的建築物。裡頭，牆壁漆成白色，地板沒有上漆。其中三面牆上有方形的小窗戶；在第四面牆上，則是一扇帶有木閂、很牢實的門。八張臥鋪靠牆擺放，其中五張蓋著毯子，另外三張則露出粗麻布床包。每張臥鋪的床頭，都釘有一個蘋果箱。箱子的開口朝前，中間帶有隔板，變成放置個人物品的架子。這些架子上擺滿了各式各樣的小東西，還有肥皂、痱子粉、刮鬍刀，以及那些在農場工作的男人喜歡閱讀的西部雜誌。他們總是一面讀一面嘲笑裡面的內容，但其實心底又暗自相信。還有人的架子上放了藥品、小藥罐、梳子。蘋果箱的側邊釘著幾根釘子，供男人掛他們的領帶。其中一面牆的牆邊有一座黑色的鑄鐵爐子，爐子的煙囪直接穿過天花板。在整座工寮的中央有一張大方桌，撲克牌亂糟糟地散放桌面，桌子周圍擺著幾個箱子，那是玩牌的人的座位。

早上十點左右，一道明亮的陽光透過其中一扇窗戶照了進來，光束裡滿是灰塵，一隻隻蒼蠅像流星一樣在光束裡飛進飛出。

木製門閂被提了起來。門一開，一個很高但彎腰駝背的老人走了進來。他穿著藍色牛仔褲，左手拿著一把大掃帚。喬治跟在他的後面，蘭尼跟在喬治的後面。

「老闆以為你們昨天晚上就會到。」老人說：「今天早上你們沒來上工，他很不爽。」老人用右手臂比劃著，從他的袖口伸出一根圓棒狀的手腕，但沒有手。他說：「你們可以睡那兩張床。」他指著爐子旁的兩個鋪位。

喬治走了過去，把毯子扔到用來當作床墊的粗麻布稻草袋上。他看看床頭的蘋果箱架子，從裡面拿出一個黃色的小罐子。「欸，這什麼鬼東西？」

「我不知道。」老人說。

「這上面說『專剋蝨子、蟑螂和各式害蟲』。你要我睡在這個鬼地方？我可不想讓蝨子鑽到我的褲襠裡。」

老人把掃帚移到身體的右邊，用手肘和身體夾住，然後伸出左手接過罐子。他仔細研究起罐子上的標籤。「我跟你說，」他說：「之前睡這張床的人是一個鐵匠，人很好，很愛乾淨，連吃完東西都會洗手。」

「那他身上怎麼會長蝨子？」喬治的怒火逐漸醞釀。蘭尼把自己的行囊放到隔壁那張床，坐了下來。他張嘴看著喬治。

「我跟你說，」老人說：「這個鐵匠——喔他叫作小白——他是那種就算沒有蟲也會用這種東西的傢伙，只是要個心安啦，你懂嗎？跟你說，他吃飯都會把馬鈴薯的皮剝掉，剝得乾乾淨淨的才吃。如果雞蛋上有紅色髒髒的地方，他也會把它刮掉。他最後不幹啦，就是不爽這邊的食物。他就是這樣的人，愛乾淨。就算沒有要去哪裡，他也會穿上做禮拜的衣服，甚至打好領帶，然後坐在工寮裡。」

「是嗎……」喬治懷疑地說：「你說他為什麼不幹了？」

老人把黃色的罐子放進口袋裡，用指節搓搓臉上的白色短鬍鬚。

「為什麼喔……他……就不幹啦，跟其他人沒什麼兩樣。他說是食物的關係。他就只是想去別的地方，除了伙食，沒有說其他原因。就跟隨便任何一個人一樣，某天晚上就說自己『不幹了』。」

喬治抬起床墊看看底下，又低頭仔細檢查了一下粗麻布床包。蘭尼馬上站起來，一樣開始檢查起自己的床鋪。最後喬治似乎滿意了。他解開行囊，把東西放在架子上，像是刮鬍刀、肥皂、梳子、幾瓶藥丸、痠痛軟膏和皮革腕帶。然後，他把毯子攤好，把床弄整齊。老人說：「我想老闆等一下就來了。你們今天早上還沒來，他氣炸了。我們還在吃早餐他就來了，一進來就說：『新來的人到底在搞什麼鬼？』他還對馬房的發了一頓脾氣。」

喬治撫平床上的皺摺，坐了下來。「對馬房的發了一頓脾氣？」他問。

「對啊，我們這兒的馬房是個黑鬼。」

「喔，黑鬼嗎？」

「對，人很好。他被馬踢過，所以背彎了。老闆每次不爽就找他麻煩，但他就當老闆在放屁。他讀很多書，他的房間裡有書。」

「老闆是什麼樣的人？」喬治問。

「嗯，他人不錯。有時候會發脾氣，但人很好。你們知道他耶誕節做了什麼嗎？他在這裡放了一桶威士忌，說『你們好好喝個爽，一年只有一次耶誕節。』」

「媽的！一整桶？」

「沒錯！幹，我們樂歪了。那天晚上，黑鬼也被叫來。大家要黑鬼和一個叫阿史的小鬼打一架，有夠熱鬧。大家不讓阿史用腳，所以黑鬼最後贏了。阿史說，如果能用腳，他隨便就能贏黑鬼。大家說黑鬼的背歪成這樣，所以阿史不能用腳。」老人回憶得津津有味。「然後，大家都跑去索立鎮爽。我沒有跟著去，我那邊已經沒力了。」

蘭尼剛整理好床鋪，木門再次被提了起來。門一打開，一個矮小、身材厚實的男人站在敞開的門口。他穿著藍色牛仔長褲和法蘭絨襯衫，黑色的背心沒有扣上，外面是一件黑色的外套。他兩手的大拇指勾在腰帶方形鋼扣的兩側。一頂咖啡色的牛仔帽戴在頭上，帽子有點髒。腳上穿著有跟、帶著馬刺的靴子，顯示自己不是做工的人。

老人快速看了那個人一眼，然後匆匆走到門邊，邊走邊用指節摩擦短鬍鬚。

「他們剛到。」他說，然後閃身出了門。

老闆踩著粗腿矮個子典型的短小步伐，快速走了進來。「我明明告訴莫瑞和雷迪我今天早上要兩個人。你們的工作箋呢？」喬治伸手從口袋裡拿出紙條交給老闆。「看來不是莫瑞和雷迪的錯。工作箋上面清清楚楚，你們今天早上要上工。」

喬治低頭看著自己的腳。他說：「公車司機亂載一通。說已經到了，可是其實根本還沒，結果我們走了快二十公里。今天早上我們找不到便車搭。」

老闆瞇起眼睛：「你們害我今天早上運送穀物的車隊少了兩個人。現在也來不及了，只能等吃飽飯再派你們出去。」他從口袋裡掏出筆記本，打開到塞著鉛筆的那頁。喬治對蘭尼意有所指地皺皺眉頭，蘭尼點了點頭，表示自己明白。老闆舔了一下鉛筆，問道：「你叫什麼名字？」

「喬治．米爾頓。」

「你呢？」

喬治說：「他是小蘭尼。」

老闆把名字記了下來。「嗯，今天是二十日，二十日中午。」他闔上筆記本，繼續問：「你們之前在哪裡工作？」

「在雜草鎮那邊。」喬治說。

「你也是嗎？」他問蘭尼。

「對，他也是。」喬治說。

老闆開玩笑地用手指指蘭尼。「看來他不太愛說話？」

「對啊，他不太說話，但幹起活來可不得了，壯得像頭牛。」

蘭尼自己笑了起來。「壯得像頭牛。」他跟著說了一次。

喬治狠狠瞪了他一眼。蘭尼想起自己不能說話，慚愧地低下頭來。

老闆突然說：「小蘭尼！」蘭尼抬起頭。「你會什麼？」

蘭尼驚慌失措地看向喬治。「他什麼都做，你要什麼他都做。」喬治說：「他會帶馬、扛穀物、開耕種機，他什麼都會，你試試看就知道了。」

老闆轉向喬治：「那你為什麼不讓他回答？你在藏什麼？」

喬治大聲插話：「哦，我是想他頭腦不好，不怎麼聰明，但當工人，幹，超適合，扛兩百公斤的草捆像放屁一樣簡單。」

老闆慢條斯理地把筆記本放進口袋，拇指勾在皮帶上，一隻眼睛瞇成一條線。「老實說，你葫蘆裡賣什麼藥？」

「什麼？」

「你在這個傢伙身上抽成了嗎？你要拿走他多少薪水？」

「才不是這樣。你以為我在推銷他嗎？」

「這個嘛……我從來沒有看過一個人管那麼多別人的閒事。我只想知道你會得到什麼好處？」

喬治說：「他是我的……表弟。我跟他的老媽說過我會照顧他。他小時候頭被馬踢到過。身體好了，只是有點笨，但是你叫他做什麼他就做什麼。」

老闆側身準備離去。「好吧，反正只是扛大麥袋，要腦袋個屁。但是，米爾頓，不要給我耍什麼把戲，我會好好盯著你。你們為什麼離開雜草鎮？」

「那邊工作做完了。」喬治迅速回答。

「什麼樣的工作？」

「我們……挖了一座糞池。」

「好。不准給我偷偷摸摸，什麼都逃不過我的眼睛，我可是看過聰明人。吃飽之後跟著運穀隊出去。他們在打穀機那邊撿大麥。你們跟著修老大走。」

「修老大？」

「對，那個高大的車隊長，你們在吃飯的時候會看到他。」老闆急促地轉身走向門口，但在走出去之前，又轉身看了喬治和蘭尼好一會兒。

隨著老闆的腳步聲漸遠，喬治轉向蘭尼。「你說你一個字都不會說。你說你會把你的鳥嘴閉上，讓我說話就好。結果呢？該死，你差點害我們沒了工作。」

蘭尼絕望地看著自己的手。「我忘了，喬治。」

「沒錯，你忘了。你一直忘，然後我就要幫你解決。」他重重地坐到床鋪上。「現在好啦，他盯上我們了。現在只好小心，不能出錯。從現在開始你給我閉上你的大嘴。」他悶著不吭聲。

「喬治？」

「你又要幹嘛？」

「我沒有被馬踢過頭，對吧？」

「如果真的有，那就他媽的太好啦。」喬治惡毒地說：「這樣大家就什麼鬼事也不用煩。」

「你說我是你的表弟，喬治。」

「拜託，那是我亂講的，幹，我還真高興那不是真的。如果你是我的親戚，我早就自殺了。」他突然停了下來，走到敞開的門口向外看。「欸，你他媽的在偷聽什麼？」

一開始的那位老人慢慢走進房間，手裡拿著掃帚。一隻拖著腳走路的牧羊犬跟在他的腳邊，牠鼻子嘴邊的毛都是灰色的，一雙年邁的眼睛蒼白無神。牠一瘸一拐地走到工寮的一側，趴了下來，不時輕聲悶哼，舔舔自己灰白色的毛。老人看著狗把自己安頓好。他說：「我沒有偷聽。我只是站在樹蔭下，幫我的狗抓抓癢。我剛打掃好盥洗室。」

「你耳朵張得很大在聽我們講話，」喬治說：「我不喜歡別人管我們的閒事。」

老人不安地看看喬治，又看看蘭尼，然後目光轉回到喬治身上。他說：「我只是剛好在那裡。我沒聽到你們在說什麼。你說的我都沒興趣。在農場上，大家自己管好自己就好，不要亂聽，也不要亂問。」

「媽的，你說得沒錯。」喬治稍微軟化了些：「如果工作想做下去，就什麼都不要亂來。」老雜役的回答讓喬治放心不少。他說：「你也進來休息一下吧。幹，那隻狗有夠老。」

「對啊，牠還是小狗的時候就跟在我旁邊了。老天啊，牠年輕的時候是隻好牧羊犬。」他把掃帚靠在牆上，用指節搓搓臉頰上的白色短鬍鬚。「你覺得老闆怎樣？」他問。

「不錯啊，看起來還可以。」

「他是個好人。」老人同意：「一板一眼的。」

就在此時，一個年輕人走了進來。他身材瘦削，有著一張曬成咖啡色的臉、咖啡色的眼睛，和一頭卷曲的頭髮。他的左手戴著工作手套，而且像老闆一樣，腳踩高跟靴子。「有看到我老爸嗎？」他問。

老人說：「嗨，卷哥。他剛剛還在這裡，我想他去廚房了。」

「我去找找。」卷哥說。他的目光掃過這兩個新來的人，然後停下動作。他冷冷地看了喬治一眼，再看看蘭尼。然後他慢慢曲起手臂，雙手握成拳頭，又繃緊肌肉，做出一種微微屈身蹲低的姿勢。他目露凶光，似乎在估量著什麼。蘭尼被他看得渾身不自在，緊張地扭來扭去。卷哥小心地走近。「你們是老爸在等的新人嗎？」

「我們才剛到。」喬治說。

「讓大個子回答就好。」

蘭尼很困窘，不知所措。

喬治說：「如果他不想回答呢？」

卷哥快速轉過身來。「什麼鬼，別人跟他說話，他就要回答。關你屁事？」

「我們一起討生活的。」喬治冷冷地說。

「哦，是這樣啊。」

喬治緊繃了神經，一動也不動：「是的，就是這樣。」

蘭尼無助地看著喬治，想得到指示。

「所以你就是不讓大個子回答，是這樣嗎？」

「如果他想說話，他什麼都可以說。」他向蘭尼輕輕點了一下頭。

蘭尼輕聲說：「我們剛到。」

卷哥瞪著他：「哼，下次我和你說話，你給我回答。」他轉向門，走了出去，仍然微彎著手肘。

喬治看著他離開，然後轉向老人：「幹，這個人到底怎麼回事？蘭尼又沒有惹到他。」

老人小心地看了看門邊，確定沒人在聽。「那是老闆的兒子，」他小聲地說：「卷哥很厲害，他打拳擊，輕量級的，很厲害。」

「他厲害就厲害。」喬治說：「可是他不用專挑蘭尼吧，蘭尼沒對他做什麼，蘭尼是哪裡惹到他？」

老人想了一下：「嗯……我跟你說，卷哥跟很多矮子一樣，討厭大個子。他已經找過很多大個子麻煩了，好像因為自己沒很高所以看他們不爽。你也有碰過那樣的人吧？一直到處找碴的那種？」

「有。」喬治說。「這種矮子很多，但是這個卷毛最好搞清楚狀況，蘭尼是不靈光沒錯，但是如果卷哥故意找蘭尼麻煩，他會死得很慘。」

「嗯，卷哥很厲害喔。」老雜役有點懷疑地說：「我是覺得他不對啦。假設卷哥找一個大傢伙碴，痛扁他，大家都會說卷哥超強。如果他輸了，別人就會說，那個大個子應該找一個跟自己差不多大隻的人打才對。而且，搞不好他們還會全部人一起圍攻那個大個子。我怎麼看都不對啦，卷哥不給其他人機會。」

喬治看著門，有種不祥的預感：「嗯，他最好自己小心一點。蘭尼不會打架，但他很強壯，速度又快，也不懂規則。」他走向方桌，坐在旁邊其中一個箱子上。他拿起一些撲克牌，洗了一下牌。

老人坐到另一個箱子上。「不要告訴卷哥我說了什麼，我會被他殺了。他根本不痛不癢，也不會丟工作，反正他老爸是老闆。」

喬治切了牌，將牌翻面，一張一張看，然後一張張丟在桌上丟成一疊。他說：「這個卷哥在我看來就是婊子養的混蛋，我不喜歡這種惡毒的矮子。」

「我覺得他最近更壞了。」老人說：「他幾個星期前剛結婚。他太太住在主屋那邊。自從結婚後，卷哥變得更自大了。」

喬治悶哼了一聲：「也許他是在炫耀給自己的太太看。」

老人聽到八卦眼睛就亮了起來：「你有看到他左手戴的手套嗎？」

「有，我有看到。」

「你知道嗎，那隻手套裡面都是凡士林。」

「凡士林？要幹嘛？」

「我跟你說，卷哥說，為了讓他太太爽翻天，他要保持那隻手軟綿綿的。」

喬治研究起手中的撲克牌，看得十分入神。「把這種東西拿出來講，真不要臉。」他說。

老人放心了，他從喬治的口中聽到了貶低卷哥的話。他心一安，就更想說下去。「等你見到卷哥的太太你就知道了。」

喬治再次切牌，開始慢慢地、有些刻意地排起接龍來。「漂亮嗎？」他隨口問。

「是個美人呢。不過……」

喬治研究著牌。「不過什麼？」

「嗯，她滿愛到處勾搭的。」

「這樣嗎？才剛結婚兩個星期，就到處找男人？難怪卷哥會緊張。」

「我看過她勾搭修老大。修老大是我們騾車隊的隊長，超好的人。他不像老闆一樣穿高跟的靴子。我有看過卷哥的太太在修老大面前賣弄風騷，卷哥倒是沒看到，我也看過她對大卡拋媚眼。」

喬治裝作一副不感興趣的樣子，說道：「看起來事情會很有趣啊。」

老人站起身子。「你知道嗎？」喬治沒有回答。「我覺得啊，卷哥娶了一個……蕩婦。」老人說。

「很多男人都是。」喬治說：「這種事情可多了。」

老人朝門口走去。他的老狗抬起頭來，看看四周，然後掙扎地站起來，跟了過去。「運穀隊快回來了，我要去準備水讓他們洗臉。你們也是要扛大麥的嗎？」

「對啊。」

「你不會跟卷哥說我跟你說的東西吧？」

「幹，當然不會。」

「那你好好看看他太太是怎樣的人吧，看看她是不是蕩婦。」他走出門，踏進明亮的陽光中。

喬治若有所思地放下撲克牌，翻了三張牌，連了四張梅花。工寮裡，陽光在地面上照出一塊發亮的正方形，蒼蠅像是火花一樣飛進飛出。從外面傳來鞍具碰撞的鐺鐺聲，沉重的車軸吱吱作響，遠處傳來一陣清晰的呼喊聲：「馬房的！嘿，馬房的！」然後是：「那個該死的黑鬼到底死到哪裡去了？」

喬治凝視著自己排的接龍，然後突然不耐煩地把牌打散成一堆，轉向蘭尼。蘭尼躺在床上，看著他。

「聽好，蘭尼！這裡不是什麼好地方。我有點怕你會和卷哥那個男人扯出什麼事情來。我知道他那種人，他在試探你。他以為他要是讓你害怕，那他逮到機會就可以痛揍你一頓。」

蘭尼的眼神充滿恐懼。「我不想要麻煩。」他哀求著：「不要讓他揍我，喬治。」

喬治站了起來，走到蘭尼的鋪位坐下。「我討厭那種混蛋。」他說：「我看過很多那樣的人。就像那個老人說的，卷哥不打沒把握的架，他永遠都贏。」喬治想了一下。「蘭尼，如果他纏上你，我們就要走路啦，絕對不要犯錯，他是老闆的兒子。你聽我說，蘭尼，不要靠近他，懂嗎？永遠不要跟他說話。如果他走進來，你就走到另一邊去，知道了嗎，蘭尼？」

蘭尼哭喪著臉：「我不要麻煩。我沒有對他做什麼事。」

「嗯，如果卷哥就只是想找人打架，那你要怎麼辦？不要和他扯上關係，記住了嗎？」

「好，喬治，我一個字都不說。」

回到農場的穀車隊聲音愈來愈大：騾蹄笨重地踩在地上、刺耳的剎車聲、金屬車鏈的碰撞、車隊男人的聲音此起彼落。喬治坐在蘭尼旁邊的鋪位，皺眉想著事情。蘭尼怯生生地問：「你沒有生氣吧，喬治？」

「我沒有生你的氣。我是生卷哥這個混蛋的氣。我希望我們能賺到一點錢，也許一百塊。」他的語氣變得堅決：「你不要靠近卷哥，蘭尼。」

「我知道，喬治。我不會說話。」

「別讓他扯上你。但是，如果那個婊子養的混蛋揍你，那他就有得瞧了。」

「他有得瞧什麼，喬治？」

「沒什麼，沒什麼。時候到了我會告訴你。我恨死那種人。你聽我說，蘭尼，如果遇到麻煩，你還記得我告訴你要做什麼嗎？」

蘭尼用手肘把自己撐起來，費力想得臉都扭曲了。然後他難過地看著喬治：「如果我惹上任何麻煩，你就不會讓我養兔子了。」

「我要問的不是這個。你還記得我們昨天晚上在哪裡睡覺的嗎？河邊那個地方？」

「我記得。哦，我記得！我要去那裡，躲在灌木叢裡。」

「躲起來，等我去找你。不要讓任何人看到你。躲在河邊的灌木叢裡。說一次。」

「躲在河邊的灌木叢裡，躲在河邊的灌木叢裡。」

「如果你惹上麻煩。」

「如果我惹上麻煩。」

外頭傳來刺耳的剎車聲。有人喊道：「馬房的！喂，馬廄的人咧？」

喬治說：「蘭尼，自己唸幾次，這樣就不會忘記了。」

他們倆抬起頭來，因為從門口照進來的光線被什麼東西擋住了。一個女人站在那兒探頭看。她的嘴唇豐滿，塗著口紅，兩眼分得很開。她的指甲是紅色的，一頭卷髮掛著，像一串串香腸。她身穿棉質的家居服和紅色便鞋，鞋面上有幾束紅色的鴕鳥毛。「卷哥在這裡嗎？」她說。她聲音尖銳，帶了點鼻音。

喬治先是把目光從她身上移開，然後又看了她一眼。「他剛剛還在這裡，但是走了。」

「哦！」她把手放在背後，身體倚靠在門框上，挺向前。「你們就是新來的傢伙吧？」

「是的。」

蘭尼把她從頭看到腳，而她雖然似乎沒有在看蘭尼，卻微微地抬高了自己的下巴。她看著自己的指甲，說：「有時候卷哥會在這裡。」

喬治粗魯地說：「他現在可不在。」

「這樣的話，我想我最好去別的地方看看。」她開玩笑地說。

蘭尼看著她，完全著迷了。喬治說：「如果我看到他，我會告訴他妳在找他。」

她輕佻地笑了笑，扭扭身體，說：「我只是在找呢，沒妨礙到誰吧。」後方傳來腳步聲，她轉過頭去。「嗨，修老大。」她說。

修老大的聲音從外面傳來。「嗨，美人兒。」

「修老大，我在找卷哥。」

「妳沒很用力找吧。我剛看到他走進屋子裡去了。」

她突然變得一臉擔心。「再見啦，各位。」她朝工寮丟下這句話，便匆匆離去。

喬治看了蘭尼一眼。「幹，有夠騷。」他說：「卷哥真是娶了個好太太。」

「她很漂亮啊。」蘭尼為她辯解。

「她可沒想要假裝喔。卷哥有事要忙，我敢說只要塞給她二十塊，她就跟你睡了。」

蘭尼仍然凝視著前一秒她還在的門口。「我的老天，她真漂亮。」他陶醉地笑了。喬治掃了他一眼，然後抓起他的耳朵，用力搖晃他。

「混蛋！腦袋有洞嗎？給我聽好！」他狠狠地說：「你不准給我盯著那個賤人。我不管她說什麼、做什麼。這種禍害我見多了，但我還沒看過比她更爛的，要是扯上她，你哪天就會被抓去關。你給我離她遠遠的。」

蘭尼拚命想要掙脫。「我什麼都沒做，喬治。」

「你是沒做什麼，不過她剛剛站在門口露大腿，你死盯著哪裡看！」

「我沒有打什麼壞主意啊，喬治。真的，我從來沒有。」

「反正你給我離她遠一點。她在我眼裡就是個陷阱，卷哥掉進去就好了，他自作自受。擦什麼凡士林，戴什麼手套。」喬治厭惡地說：「我敢說他還為了晚上有力，吞生雞蛋，去藥局買成藥。」

蘭尼突然大叫：「我不喜歡這個地方，喬治。這不是一個好地方，我想要離開這裡。」

「為了賺錢，我們要待下去。蘭尼，沒有辦法。當然，我們一有機會，就趕快從這裡離開。我跟你一樣不喜歡這個地方。」他回到桌邊，又開始排起接龍。「真的，我不喜歡這裡。」他說：「只要拿到一點錢，我就走。如果能賺幾塊錢，我們就走，沿著河去淘金。我們在那裡一天就可以賺到幾塊，還說不定哪天就挖到黃金發財了。」

蘭尼熱切地靠了過來。「走吧，喬治。我們現在就走，這裡不好。」

「我們得留下來。」喬治簡短地說：「你給我閉嘴。他們回來了。」

從附近的盥洗室傳來水聲和臉盆碰撞的聲音。喬治看了一下眼前的撲克牌。

他說：「也許我們應該梳洗一下。但是我們還沒做事，怎麼會髒。」

一個高個子的男人站在門口。他把一頂壓扁了的斯泰森氈帽夾在腋下，把濕濕的黑長髮往後梳。他跟其他人一樣，穿著藍色牛仔褲和牛仔短外套，梳好頭髮之後走了進來，行進的姿態宛如某個皇室成員或名匠大家。他是車隊的頭頭，農場的王子，可以讓十頭、十六頭、甚至二十頭騾子列隊前進。他能用牛皮製成的鞭子打死跟著車隊的蒼蠅，但完全不會打到騾子。他的舉止沉穩，為人安靜，但一旦開口，所有人都會安靜下來。他在這裡被看作是每一件事情的權威，無論話題是政治還是愛情，所有人都聽他的。這就是修老大，騾車隊的頭頭。他瘦削的臉看不出歲月的痕跡，可能三十五歲，也可能五十歲了。他耳聽八方，聽得出那些沒說出口的話。他話語徐徐，傳達的不是想法，而是心靈上的理解。他的手又大又瘦，動作優雅細緻，像宗教典禮中的舞者，每一個動作都意味悠長。

他把壓扁的帽子弄平，對折了一下，弄出痕跡，再戴回頭上。他友好地看著工寮裡的兩人。「今天外頭太陽他媽的刺眼。」他輕聲說：「一進來什麼都黑成一片。你們是新來的人嗎？」

「對，我們剛到。」喬治說。

「要來扛大麥的嗎？」

「老闆是這麼說的。」

修老大在喬治對面的箱子坐了下來。他看看眼前蓋著的紙牌，說：「希望你們能來我這隊。」他的聲音很溫柔。「我的隊裡有兩個白癡，連裝大麥的袋子和自己的鳥蛋都不會分。你們扛過大麥吧？」

「幹當然有。」喬治說：「我不算厲害，但是那邊那個大個子一個人就可以扛得比兩個人多。」

蘭尼一直看著兩人對話，聽到讚美，開心地笑了起來。修老大對於喬治給出的讚美也表示肯定。他把身體靠在桌子上，撥弄著一張散在一旁的撲克牌的牌角。「你們兩個一起到處討生活嗎？」他的語氣很友善，別人一聽就覺得他是個可以談心的人，縱使修老大本人並沒有要求對方說出什麼內心話。

「是啊。」喬治說：「我們算是互相照應吧。」他用拇指比比蘭尼。「他頭腦不好，不過，媽的很會做工，人也很好，只是腦袋不靈光。我認識他很久了。」

修老大的目光越過喬治，看向遠方。「一起到處討生活的人不多。」他沉吟道：「不知道為什麼。也許在這個該死的世界裡，每個人都怕別人怕得要死。」

喬治說：「和一個認識的人一起上路要好得多。」

一個壯碩、挺著大肚子的男人走進工寮裡。他的頭剛梳洗過，還在滴水。「嗨，修老大。」他說，然後停下來盯著喬治和蘭尼。

修老大介紹：「他們剛到。」

大個子說：「很高興認識你們，我是大卡。」

「我是喬治．米爾頓。這是小蘭尼。」

「很高興認識你們。」大卡又說了一次。「他個頭一點也不小啊。」他開玩笑說。「一點也不小。」他又說了一次。「啊，修老大，一直想問你，你的母狗怎麼了？今天早上我沒有看到牠在你的車底。」

修老大說：「牠昨天晚上生了，生了九隻，我馬上淹死四隻，牠沒辦法餵那麼多隻。」

「所以還有五隻嗎？」

「嗯，還有五隻。我把大隻的留下來了。」

「牠們是什麼狗？」

「我不知道。」修老大說：「大概是某種牧羊犬吧。露露發情的那陣子，我在附近還滿常看到那種狗的。」

大卡繼續說：「五隻小狗，對吧？你全部都要留下來嗎？」

「我不知道。要養牠們一陣子吧，這樣牠們才能喝露露的奶。」

大卡若有所思地說：「嗯，修老大，我一直在想。老甘的那隻老狗，幹他媽的幾歲了？根本就走不動了，還臭得半死，每次牠進來這裡，我過兩三天都還聞得到味道。要不要叫老甘殺了那隻老狗，然後送他一隻小狗？那隻狗多遠我都聞得到臭味。連牙齒都沒了，又瞎，東西吃都不吃，老甘還要餵牠喝奶，其他都咬不動。」

喬治一直盯著修老大看。突然，外頭響起敲三角鐵的聲音，一開始很緩慢，然後愈來愈快，最後叮噹聲連成一陣嗡鳴。忽然間，聲音又停了下來

「她在叫了。」大卡說。

外頭傳來一群男人走過的聲音。

修老大慢慢地、穩重地站了起來。「你們最好也來，趁還有東西的時候，不然不到幾分鐘就什麼都不剩了。」

大卡退後一步讓修老大先走，兩人走了出去。

蘭尼興奮地看著喬治。喬治把撲克牌打散成一堆。「有！」喬治說：「我有聽到他說什麼，蘭尼，我會問他。」

「我要一隻有咖啡色和白色毛的。」蘭尼興奮地喊著。

「來吧，先吃飯吧。我不知道他有沒有這種混色的。」

蘭尼沒有離開鋪位。「你馬上問，喬治，這樣他才不會繼續殺小狗。」

「當然。走吧，站起來。」

蘭尼翻下床，站起身子。兩人朝門口走去。就在他們來到門邊時，卷哥衝了進來。

「有沒有一個小妞在這裡？」他大聲斥問。

喬治冷冷地說：「半個小時前吧，大概。」

「那她來這裡個屁？」

喬治一動也不動，看著眼前這個生氣的矮個子。他尖酸地說：「她說——她在找你。」

卷哥好像現在才注意到喬治這個人似的。他憤怒地看了喬治一眼，打量他的身高，推估他拳頭打得到哪裡，又看看他結實的腰身，最後質問道：「那她往哪裡去了？」

「我不知道。」喬治說：「我沒看著她走。」

卷哥陰沉地看著他，然後轉身迅速離開。

喬治說：「你知道嗎，蘭尼，我怕我自己已經惹到那個混蛋了。我討厭他這個人。他媽的！快來吧，我們要沒有什麼鬼東西吃了。」

他們走了出去。陽光現在只剩窗戶底下的一條直線，遠處傳來杯盤碰撞的聲音。

過了一會兒，那隻老狗拖著腳走進門來，半瞎的眼睛溫和地四處張望。牠嗅了一下，然後趴下來，把頭放在兩隻腳中間。卷哥又出現在門口，朝著工寮裡探看。那隻狗抬起頭來。卷哥轉身離去時，牠灰白的頭又垂到了地上。

第三章

儘管傍晚的亮光從窗外照了進來，工寮裡面卻是一片昏暗。門開著，從外頭傳來投擲馬蹄鐵比賽時眾人的歡呼和笑鬧，還有馬蹄鐵重重掉落的悶響，和偶爾套中時的噹啷聲。

修老大和喬治一起走進愈來愈暗的工寮。修老大伸手到撲克牌桌的上方，打開有著錐形錫罩的電燈。燈一開，光束馬上把底下的桌子照亮，可是反而讓工寮的角落更暗了。修老大在一個箱子坐下，喬治坐在他的對面。

修老大說：「那沒什麼，不然剩下的幾隻我也只能淹死，所以不用謝。」

喬治說：「也許對你來說沒什麼，可是這對他來說重大得要命啊。媽的，現在是要怎樣叫他進來睡？他只想和小狗一起睡在穀倉裡吧。有了小狗，我們很難叫得動他了。」

「那沒什麼。」修老大又說了一次：「欸，你真的說得很對。他可能不聰明，但是我從來沒見過像他這樣的農場工人。他這樣扛大麥，差點把他的夥伴搞死。沒人跟得上他。老天啊，我從來沒看過這麼強壯的人。」

喬治驕傲地說：「蘭尼只要人家一說，就會去做，完全不去想。他不知道自己要做什麼，可是別人只要命令他，他都會聽。」

外面傳來馬蹄鐵套到鐵樁的聲音，一小陣歡呼聲響起。

修老大稍微後仰，讓光線不會直接照到臉。「你們兩個怎麼會湊在一起？想起來就好玩。」這是修老大讓對方多講一些內心話的方法。

「哪裡好玩？」喬治有點防備地問。

「哦，我不知道。有誰會和別人一起到處走？我從來沒看過有人一起四處討生活的。你也知道農場工人是怎樣：來到一間農場，有了睡覺的地方，工作一個月，然後就不幹了，孤孤單單地離開，好像他媽的一點都不在乎。你們這樣一大一小，一個像他一樣的瘋子和你這樣一個聰明人湊在一起，怪好玩的。」

「他不是瘋子，」喬治說：「他不瘋，只是笨。我其實也沒聰明到哪裡去，不然也不會為了五十塊和包吃包住來扛大麥。如果我真的聰明，稍微有一點腦袋，我早就會有自己的小地方，自己種來吃，才不可能做死做活，土地長出來的東西什麼都沒享受到。」喬治停了下來。他想繼續講。修老大既沒鼓勵他繼續講，也沒阻止他講，只是安靜地坐著聽。

「其實我們會一起討生活沒什麼特別的。」喬治最後開口：「我們都在奧本出生。我認識他的克拉拉姨媽，他從小就是他姨媽養大的，克拉拉姨媽去世後，蘭尼就跟我一起去做工，一陣子之後我們也就習慣彼此了。」

「嗯。」修老大說。

喬治抬頭看修老大，看到修老大平靜如神的眼睛注視著自己。「怪的是，」喬治說：「我以前很愛整他，覺得很好玩。以前都把他當笑話，因為他真的很笨，根本沒辦法照顧自己。但是他實在太笨了，連自己被整都不知道。我倒是很開心，我在他旁邊看起來聰明得要命。我亂說一通，他也什麼屁都做。如果我要他從懸崖跳下去，他也會跳。可是一陣子之後就他媽的沒那麼好玩了。他從來沒有生氣過。我揍過他。但就算他隨便就可以把我揍個稀巴爛，他也從來沒有對我動過一根手指。」喬治掏心掏肺地說：「我跟你說為什麼我最後收手了，因為有一天，我們一群男人在沙加緬度河的時候，我自以為聰明，跟蘭尼說：『跳進去。』結果他就跳了。他根本不會游泳，幹差點溺死，還好我們把他拉起來。他因為我救了他，所以對我他媽的好，根本忘記是我叫他跳進去的。所以，我就再也不做那樣的事了。」

修老大說：「他是個好人。人好不好跟頭腦沒有關係，在我看來，有時候還相反，頭腦太好的人，人反而不怎麼樣。」

喬治把打散的撲克牌疊成一疊，開始排起接龍。外頭傳來鞋子重重踏在地上的聲音。傍晚的光線讓窗玻璃變成一方明亮。

喬治說：「我沒有別人。我看到其他傢伙自己一個人到處討生活，一點都不好，人生沒有樂趣，一段時間之後，他們就變壞了，一天到晚想找人打架。」

「對，他們變壞了。」修老大同意：「所以他們不想跟任何人打交道。」

喬治說：「雖然通常蘭尼幹他媽的煩，但是你一旦習慣有個人一起，就離不開了。」

「他不壞。」修老大說：「我看得出來，蘭尼心一點都不壞。」

「他當然不壞，但是他一直惹麻煩，因為他實在笨得要死。像在雜草鎮的時候——」喬治停住了，一張撲克牌翻到一半停住，他一臉戒備，凝視著修老大。

「你誰都不會說吧？」

「他在雜草鎮做了什麼？」修老大平靜地問。

「你不會說出去吧？……不會，你一定不會。」

「他在雜草鎮做了什麼？」修老大又問了一次。

「就是呢，他看到了一個女的穿著紅色連身裙。他這個腦袋有洞的混蛋，看到喜歡的東西，就想要摸摸看。就摸一下，感覺一下。所以他伸手去摸那件紅色的連身裙，然後那個女的大叫，蘭尼就整個人都傻了，因為不知道要怎麼辦，就一直緊緊握著不放。那個女人一直叫一直叫。我那時候身體不太舒服，聽到有人在叫，就趕快跑出去。那個時候，蘭尼怕得要死，只想到要緊緊抓住衣服。我拿了一根籬笆柵欄用力打他的頭才讓他放手。他害怕死了，根本不敢放開衣服。你也知道他又壯得跟鬼一樣。」

修老大的眼神平靜，眨都沒眨。他點了點頭。「後來呢？」

喬治小心地繼續排著接龍。「嗯，那個女人鬼扯了一堆，說她被強暴了。雜草鎮的一群人要抓蘭尼動私刑，所以那天整天我們躲在一條灌溉用的水溝裡，偶爾伸出頭看看外面的動靜。那天晚上，我們就逃走了。」

修老大沉默了片刻。「他沒有弄傷那個女的，對吧？」他最後開口問道。

「幹，當然沒有，他只是嚇死她了。如果他抓住我，我也會嚇死。但是他沒有傷害她。他只是想摸摸看那件紅色連身裙，就像他現在想一直摸他的小狗一樣。」

「他不壞。」修老大說：「我老遠就看得出來誰是壞蛋。」

「他當然不壞，他什麼都做，只要我——」

蘭尼走進門。他把藍色牛仔外套披在肩上，像是披風一樣。他駝著背一路走了過來。

「嗨，蘭尼。」喬治說：「你喜歡你的小狗嗎？」

蘭尼上氣不接下氣地說：「小狗就是我一直想要的那種咖啡色和白色。」他直接走到自己的鋪位，面著牆躺下，縮起膝蓋。

喬治小心翼翼地放下撲克牌。「蘭尼！」他嚴厲地叫了一聲。

蘭尼轉過脖子扭頭看著喬治。「什麼？你要幹嘛，喬治？」

「我跟你說過，你不可以把那隻小狗帶進來。」

「什麼小狗，喬治？我沒有小狗。」

喬治迅速走近他，抓住他的肩膀把他翻過來，又伸手把小狗從蘭尼懷中抓了出來。

蘭尼快速坐起身子：「還給我，喬治。」

喬治說：「你給我站起來，馬上把這隻小狗帶回牠的窩。牠要和牠媽媽一起睡。你要殺了牠嗎？牠昨天晚上才剛出生，你就把牠從窩裡帶出來。你把牠給我帶回去，否則我跟修老大說不要讓你養。」

蘭尼懇求地伸出雙手。「給我，喬治，給我。我把牠帶回去。喬治，我沒有要傷害牠，我真的沒有，我只想要摸一摸。」

喬治把小狗交給他。「好。你趕快把牠送回去，不要再把牠帶出來了。不然你等一下就又弄死牠了。」蘭尼小跑步出去。

修老大動也沒動。他用鎮定的目光看著蘭尼出了門。「天啊，他真的就像小孩一樣。」

「對啊，就像一個小孩。跟小孩一樣，沒有惡意，只是他力氣太大了。我敢打賭，他今天晚上不會回來這裡睡覺，他會在穀倉睡在那個放小狗的盒子旁邊。這樣也好，就讓他睡在那裡吧，在那邊也不會妨礙到誰。」

現在外面天色幾乎已經全黑。老甘，那個雜役，進了工寮，朝自己的床走去，他的老狗掙扎地跟著他。「你好，修老大。你好，喬治。你們兩個都不去玩丟馬蹄鐵嗎？」

修老大說：「我不想每天晚上都玩。」

老甘繼續說：「你們誰有威士忌嗎？我肚子好痛。」

「我沒有，」修老大說：「如果我有，我早就自己喝了，而且我肚子也不痛。」

「我肚子有夠痛。」老甘說：「一定是那該死的蘿蔔！我吃之前就知道一定有問題。」

粗壯的大卡從黑暗的前院走了進來。他走到工寮的另一端，打開第二盞燈。他說：「幹怎麼這麼暗？那個黑鬼也太會玩，有夠厲害！」

「他真的很厲害。」修老大說。

「幹，他超強。」大卡說：「別人都沒有機會——」他停了下來，聞著空氣，嗅來嗅去，然後低頭看到那隻老狗。「幹！那隻狗臭死了。老甘，把牠弄出去，老甘！那隻老狗世界第一臭。你給我把牠丟出去。」

老甘滾到床鋪的邊緣，伸手拍拍那隻年邁的狗。他道歉：「我一直跟牠在一起，都聞不到牠有多臭了。」

「拜託，我可受不了。」大卡說：「就算牠離開這裡，那個臭味還是一直沒有散掉。」他大步走了過去，低頭看著那隻狗。他說：「連牙齒也沒有，風濕嚴重到全身都動不了。牠沒有用了，老甘。牠自己也不好受。你為什麼不殺了牠，老甘？」

老人不自在地扭動著。「不行！我養牠養這麼久了。牠還是小狗我就開始養了。以前我和牠一起牧羊。」他驕傲地說：「你現在看牠這個樣子當然不信，但是他媽的，牠是我看過最好的牧羊犬。」

喬治說：「我在雜草鎮有看過一隻會牧羊的賓利犬，牠和別的狗學的。」

大卡沒有跟著轉移話題。「老甘你聽我說，這隻老狗活得很痛苦，如果你把牠帶出去，朝牠頭後面開一槍，」他彎腰用手比了比。「往這裡開一槍，那牠永遠不知道自己是怎麼死的。」

老甘不高興地東看看西看看。「不行，」他輕聲說：「不行，我做不到。我養牠養好久了。」

「牠活得不開心。」大卡不肯退讓：「而且牠臭得半死。你聽我說，我幫你開槍。那就不是你動手的了。」

老甘把雙腿從床鋪上移了下來，緊張地抓抓臉頰上的白色短鬍鬚。「我不能沒有牠，」他輕聲說：「牠從小就在我身邊了。」

大卡說：「可是你讓牠活著，對牠並不好啊。你聽我說，修老大的母狗剛生了好幾隻小狗，他一定願意分給你一隻。修老大，你說對不對？」

修老大一直平靜地端詳著老狗。「對，」他說：「如果你要的話，一隻小狗給你。」他像是卸下什麼束縛似的，準備好好開始說話。「大卡說得沒錯，老甘，那隻狗自己也活得不開心，如果我老了又跛腳，我會希望有人可以給我一個痛快。」

老甘無助地看著他，因為修老大的話就是法律。老甘說：「也許牠會痛。我不會覺得照顧牠很麻煩。」

大卡說：「我這樣開槍，牠不會有任何感覺。我會把槍指著這裡。」他用腳尖指出位置。「後腦勺。牠抖都不會抖。」

老甘看著周圍一張張臉，希望有人能幫他。現在外面很黑，一個年輕的工人走了進來，他垂肩駝背，拖著沉重的腳跟走路，好像背著隱形的穀物袋一樣。他爬上自己的床，把帽子放在架子上。然後，他從架上取出一本廉價雜誌，拿到桌子的燈光下。「我有給你看過這個嗎，修老大？」他問。

「給我看什麼？」

那個年輕人翻到雜誌的背面，攤在桌上，用手指指向一處。「這裡，看一下。」修老大傾身向前。「看啊，」年輕人說：「大聲唸出來。」

「『編輯您好：』修老大緩慢唸道：「您們雜誌我讀了六年，我覺得這是市面上最好的一本雜誌。我喜歡彼得．蘭德的故事，我認為他很有趣，請登更多像《黑暗騎士》這樣的故事。我不太寫信，只是想說，我覺得您們雜誌是我花得最值得的一角錢。』」

修老大疑惑地抬起頭，問：「你要我看什麼？」

年輕人阿輝說：「你往下看。把下面的署名唸出來。」

修老大唸道：「『祝您們成功，威廉．田納。』」他又看了阿輝一眼。「這誰？」

阿輝誇張地闔上雜誌。「你不記得比爾．田納嗎？大約三個月前在這裡工作過啊？」

修老大想了一下……「個子不高？」他問：「開耕耘機的那個？」

「就是他。」阿輝喊道：「就是那個傢伙！」

「你覺得這封信是他寫的？」

「我知道是他寫的。有一天，比爾和我在這裡。比爾手上有一本剛到的雜誌，他一面翻一面說：『我寫了一封信，不知道他們有沒有登出來！』但是他們沒有。比爾說：『也許他們以後才會登。』他們現在登了，真的登出來了。」

「我猜你說得沒錯，」修老大說：「真的登出來了。」

喬治把手伸向雜誌。「讓我看一下？」

阿輝又翻到那頁，但他沒有把雜誌給喬治，而是用食指指出信在哪裡。然後，他把雜誌小心翼翼地放回自己的架子上。「不知道比爾看到了沒？」他說：「比爾和我都在那片豌豆田開耕耘機，他媽的人超好。」

這整段對話中，大卡都沒有加入，他繼續低頭看著那隻老狗。老甘不安地看著他。大卡最後說：「如果你要的話，我現在就可以讓這隻老狗解脫，馬上。牠什麼都沒有了，不能吃飯，看不見，甚至不能好好走路。」

老甘滿懷希望地說：「你沒有槍。」

「沒有個屁！我有一把魯格手槍。牠一點都不會痛。」

老甘說：「可以明天嗎？我們等到明天再說。」

大卡說：「沒有理由等到明天了。」他走到自己的床，從床下抽出一個袋子，掏出手槍。他說：「我們趕快動手吧。牠這麼臭，我們今天怎麼睡？」他把手槍放進屁股後面的口袋裡。

老甘一直看著修老大，期待事情有什麼轉機，修老大沒有動作，最後，老甘絕望地輕聲說：「好吧，你把牠帶走吧。」他完全沒有低頭看狗，只是躺回床上，雙臂交叉枕在頭後面，凝視著天花板。

大卡從口袋裡拿出一段短皮帶。他彎下腰，綁在老狗的脖子上。除了老甘以外的每個人都看著他。「來吧，老弟，來吧。」他輕輕地說。他充滿歉意地對著老甘說：「牠不會有任何感覺的。」老甘沒有動，也沒有回應。大卡扯了一下皮帶。「來吧，老弟。」那隻老狗慢慢地、僵硬地站起來，跟著輕輕拉動的皮帶走。

修老大說：「大卡。」

「什麼？」

「你知道要怎麼做嗎？」

「修老大，什麼意思？」

「鏟子。」修老大說。

「哦，好！我明白了。」他帶著狗往黑暗中走去。

喬治走到門口，關上門，把門鎖輕輕地放了下來。老甘一動也不動地躺在床上，盯著天花板。

修老大大聲說：「我負責帶隊的那些騾子裡面，有一隻的蹄受傷了，要弄點柏油幫牠擦一擦。」他的尾音低了下去。外面一片寂靜，大卡的腳步聲消失了。寂靜竄進工寮裡，停滯不去。

喬治笑著說：「我敢說蘭尼現在一定在穀倉和他的小狗一起。有小狗之後，他不會想再回來這裡了。」

修老大說：「老甘，你可以隨便挑一隻小狗。」

老甘沒有回答。寂靜再度降臨整間工寮。寂靜從暗夜中竄出，侵入了屋內。喬治說：「有人想打一場尤克嗎？」

「我來和你玩幾把吧。」阿輝說。

他們在燈光照著的桌子邊，面對面坐下。喬治沒有開始洗牌，而是緊張地撥弄著一疊撲克牌的邊緣，那刺耳的聲音引起了工寮裡所有人的注意，所以他停止動作，寂靜再度降臨。一分鐘過去，又過了一分鐘。老甘靜靜躺著，凝視著天花板。修老大看了他一下，然後低頭看著自己的手，他用一隻手按住另一隻手。地板下面傳來一陣刺耳的聲音，所有人都感激地低頭往下看，只有老甘繼續盯著天花板。

「下面好像有老鼠。」喬治說：「我們應該在那裡設個捕鼠器。」

阿輝突然說：「幹，大卡在搞什麼？未免也太會拖了吧！發牌啊，你等什麼？這樣下去我們怎麼玩？」

喬治收齊了撲克牌，研究起背面的圖案。寂靜又再度出現在屋內。

遠處傳來一聲槍響。大家快速地看向那老人，每個人的頭都轉向他。

他繼續盯著天花板好一陣子，然後慢慢翻身面對牆壁，靜靜地躺著。

喬治故意很大聲地洗牌，開始發。阿輝畫了一張計分板，準備算分。阿輝說：「所以你們真的是來這裡工作的嘛。」

「你是什麼意思？」喬治問。

阿輝笑了：「嗯，你們星期五到，所以還得工作兩天，星期天才放假。」

喬治說：「我不懂你怎麼算的。」

阿輝再次笑了起來。「如果你是幹農場零工這行的，你就會懂。只想參觀一下農場的傢伙會在星期六下午到，星期六吃一餐，星期天吃三頓，吃完星期一早餐，他就可以不幹了，連動手都不用。你們星期五中午到，不管你搞清楚狀況了沒，接下來一天半都要上工。」

喬治目不轉睛地看著他。他說：「我們會在這裡待一陣子，我和蘭尼要賺點錢。」

門靜靜地打開，馬房的人探出頭來。他是一個瘦削的黑人，飽經風霜，但有著溫潤的目光。「修先生。」

修老大將目光從老甘身上移開。「哦？哦！你好，歪仔。有什麼事嗎？」

「你叫我加熱柏油，要來擦騾子的蹄，我已經弄好了。」

「哦！好，歪仔。我馬上來幫牠擦。」

「如果你願意，我可以幫你弄，修先生。」

「不用了，我自己來。」他站了起來。

歪仔說：「修先生。」

「怎麼了？」

「那個新來的大個子在穀倉裡亂玩你的小狗。」

「嗯，他沒有惡意。我有給他一隻。」

「我只是想說告訴你一下。」歪仔說：「他把小狗從狗窩裡拿出來，玩來玩去，這樣對小狗不好。」

修老大說：「他不會傷害牠們的。我現在跟你一起去吧。」

喬治抬起頭，說：「修老大，如果那個瘋子玩得太過火，就把他趕出穀倉。」

修老大跟著馬房的歪仔走了出去。

喬治發了牌，阿輝拿起牌，仔細看著自己的牌。「你們有看到那個新來的嫩妹了嗎？」他問。

「什麼嫩妹？」喬治問。

「喔，就是卷哥的新太太。」

「喔，我見過了。」

「她是不是很辣？」

喬治說：「我沒注意那麼多。」

阿輝誇張地把牌放下。「那你們好好待下來，睜大眼睛仔細地看個過癮，夠你看的。她也沒在不好意思。我從來沒有見過像她這樣的人，她一直在勾引所有人，我敢打賭，她甚至勾引馬房的。我不知道她到底想幹嘛。」

喬治隨口問：「她來了以後有發生過什麼麻煩嗎？」

很顯然，阿輝對手中的牌不怎麼感興趣。他蓋上牌，喬治把牌收回來，排起了接龍：先排七列，在其中六列再加一張，在六列中的五列再加一張。

阿輝說：「我知道你在問什麼。沒有，還沒有什麼麻煩。卷哥是有點跳腳啦，但到目前為止，一切都還好。每次我們工作回來，那個女人就會跑出來，說她在找卷哥，或她正在找放在哪裡的什麼東西。她好像沒辦法和男人保持距離。卷哥當然不怎麼爽，但倒也還沒有什麼事。」

喬治說：「她會把事情弄得亂七八糟，一定會很糟。她是個引人犯罪的騷貨，卷哥自找的。農場是男人工作的地方，嫩妹不該待在這裡，特別是她。」

阿輝說：「如果你想來一發，明天晚上你應該和我們一起進城去。」

「為什麼？要幹嘛？」

「就跟平常一樣。我們去蘇西的店，幹那裡超好。老蘇西是個嗨咖，很會說笑。上星期六我們去她店裡的時候，她打開門，然後轉頭對後面大喊：『女孩們，把外套穿上，警長來了。』她不會說些有的沒的。那裡有五個女孩。」

「那你怎麼不去？」喬治問。

「幹一次要兩塊半，喝一杯只要兩角，蘇西那邊的椅子也很好坐。如果沒那個心情，就坐在那裡，喝個兩三杯，打發時間，蘇西也不會媽的在旁邊囉嗦。她不會急著趕人。如果不想打炮，她也不會踢你出去。」

喬治說：「那我明天跟去看看吧。」

「對啊，快來，爽得要死喔我跟你講。蘇西玩笑說個不停。有一次，她說：『我知道有人以為只要在地上鋪一塊碎布地毯，在留聲機上面放一個丘比特娃娃的燈，這樣就是開妓院了。』她是在說克拉拉的店啦。蘇西說：『我知道你們這些年輕人想要幹嘛。我的女孩都很乾淨，我的威士忌也沒摻水。如果有人想看一下丘比特娃娃的燈，小心燙到喔——唉呦，你們都知道要去哪裡看啊。』她說：『有人就是太喜歡看丘比特娃娃的燈，現在都只能腿開開走路了。』」

喬治問：「克拉拉開的是另一間，對吧？」

「對。」阿輝說：「我們不去那間。克拉拉那裡上一次要三塊，喝一杯要三十五分，而且她也不會說笑。蘇西那裡很乾淨，椅子又好坐，也不會讓發春的男人進去。」

喬治說：「我和蘭尼想存些錢。我可能會跟你們去喝一杯，不過我不想花兩塊半。」

阿輝說：「是啦，不過男人偶爾還是要爽一下。」

門開了，蘭尼和大卡一起走了進來。蘭尼爬到自己的鋪位坐下，盡量不引起任何人的注意。大卡把手伸到床底下拿出袋子。他沒有看老甘，而老甘仍然面朝牆壁。大卡從袋子裡拿出一根小清潔棒和一罐油，放到床上，然後拿出手槍，取出彈匣，抖出槍膛裡的彈殼。然後，他開始用小桿子清槍管。當退彈器發出啪的一聲時，老甘轉過身對著槍看了一會兒，然後又轉回去面朝牆壁。

大卡隨口問道：「卷哥有來嗎？」

「沒有。」阿輝說：「卷哥又怎麼了？」

大卡斜眼看了一下槍管：「還是在找他的太太啊。我看到他在外面轉來轉去。」

阿輝諷刺地說：「不是他在找她，就是她在找他。」

卷哥這時衝了進來。「你們誰有看到我太太嗎？」他問道。

阿輝說：「她沒有來這裡。」

卷哥不懷好意地環顧工寮。「修老大死去哪裡了？」

「他去穀倉。」喬治說：「他要幫騾子裂掉的蹄上點柏油。」

卷哥的肩膀垂了下來。「他出去多久了？」

「五到十分鐘吧。」

卷哥跳出門，在背後用力甩上門。

阿輝站了起來，「我有點想要跟去看看。」他說：「卷哥昏頭了，不然怎麼會想找修老大麻煩？卷哥是很厲害啦，該死的強。他上次有進金手套決賽，報紙還登了。」他想了一下。「可是，他還是不要去惹修老大比較好，沒人知道修老大的能耐。」

「卷哥以為修老大和他太太搞在一起嗎？」喬治說。

「應該是這樣。」阿輝說：「修老大當然沒有，至少我不認為有什麼。但是我喜歡看熱鬧，來吧，我們跟去看。」

喬治說：「我不去，我不想惹事。我和蘭尼要賺點錢。」

大卡清完槍，把東西放回袋子裡，再將袋子推回床鋪底下。他說：「我也去看看好了。」老甘仍然躺著不動，而蘭尼則從床上小心翼翼地看著喬治。

阿輝和大卡走了，門也關上，此時喬治轉向蘭尼：「你在想什麼？」

「我什麼也沒做，喬治。修老大說，我最好不要摸小狗摸太久。修老大說，這樣對牠們不好，所以我就回來了。我很乖吧，喬治。」

喬治說：「我看得出來。」

「我沒有弄傷小狗，我只是把我的那隻放在大腿上摸摸牠。」

喬治問：「你在穀倉有看到修老大嗎？」

「當然有啊，他叫我不要再摸那隻小狗了。」

「你有看到那個女的嗎？」

「你是說卷哥的太太？」

「對，她有到穀倉去嗎？」

「沒有，我沒有看到她。」

「你沒有看到修老大跟她說話嗎？」

「沒有，她沒有來穀倉。」

「好吧。」喬治說：「我想他們今天沒有什麼好戲可看了。如果有人打架，蘭尼，離得遠遠的。」

「我不想打架。」蘭尼說。他下床站了起來，走到桌邊，在喬治對面坐下。喬治幾乎想都沒想就開始洗牌，排起接龍。他慢得很刻意，若有所思的樣子。

蘭尼伸手拿起一張朝上的牌，端詳了一下，然後把牌翻面，又看了一會兒。他說：「兩面都一樣。喬治，為什麼兩面都一樣？」

「我不知道，」喬治說：「他們就是這樣印。你看到修老大的時候，他在穀倉做什麼？」

「修老大？」

「對。你在穀倉遇到他，他叫你不要摸小狗摸太久。」

「哦，對。他拿了一個裝柏油的罐子和一把刷子。我不知道他要幹嘛。」

「你確定那個女的沒有像今天早上出現在這裡一樣，出現在那裡？」

「沒有，她沒有來。」

喬治嘆了口氣。「我寧願要一間好妓院，」他說：「走進去，喝個爛醉，消消火，排解一下，一點麻煩也沒有，雖然要花一點錢。這裡的這個婊子只會害你進監獄。」

蘭尼聽著喬治長篇大論，一臉崇拜，還稍微動了動嘴唇，想要重複喬治的話。喬治繼續說：「你還記得安迪．庫施曼嗎？小學那個？」

「他媽媽會做熱騰騰的蛋糕給全部小朋友吃的那個？」蘭尼問。

「對，就是他。只要跟吃的東西有關的事情，你都記得。」喬治仔細看著自己排的接龍。他先放方塊A，然後又排了方塊二、三和四。他說：「安迪因為搞上一個蕩婦，現在被關在聖昆汀。」

蘭尼用手指像敲鼓那樣敲著桌子。「喬治？」

「什麼？」

「喬治，要多久我們才會有自己的小地方，然後靠土地生活，還有兔子？」

「我不知道，」喬治說：「我們要一起湊出一大筆錢來。我知道有一小塊地，我們可以便宜買到，但再便宜還是要錢。」

老甘慢慢轉過身來。他的眼睛睜得大大的，認真看著喬治。

蘭尼說：「跟我說說那個地方，喬治。」

「我昨天晚上才說過。」

「說嘛——再說一遍，喬治。」

「嗯，那塊地十英畝大，」喬治說：「有一座小小的風車。有一間小棚屋，有雞舍，有一間廚房，有果園，裡面有櫻桃、蘋果、桃子、杏子、堅果，還有一些莓果。還有種苜蓿的地方，可以澆很多水。還有豬圈——」

「還有兔子，喬治。」

「現在沒有可以養兔子的地方，但是我可以簡單搭一些籠舍，然後你可以餵兔子吃苜蓿。」

蘭尼說：「幹沒錯！幹你說得很對，我可以！」

喬治的手不玩牌了，聲音變得溫暖：「我們可以養幾頭豬。我可以像爺爺一樣蓋一間煙燻房，我們如果有殺豬，就可以燻培根和火腿，還可以做香腸。鮭魚溯溪而上的時候，我們可以抓到好幾百尾，我們可以用鹽醃，然後煙燻，拿來作早餐，沒有什麼東西比得上煙燻鮭魚。採收水果的時候，我們可以裝罐，還有番茄，很簡單就可以把番茄裝成一罐一罐的。每到星期天，我們會殺一隻雞或一隻兔子。我們可能會養牛或山羊。幹！鮮奶油會厚到要用刀子切，用湯匙挖。」

蘭尼睜大眼睛看著他，老甘也看著他。蘭尼輕聲說：「我們靠土地生活。」

「沒錯。」喬治說：「花園裡有各種蔬菜。如果我們想要一點威士忌，我們可以賣一些雞蛋還是什麼的，或者一些牛奶。我們會住在那裡，我們會屬於那裡，不需要再東奔西跑，到各地幹活，然後吃日本廚子煮的飯菜。不，先生，我們不是睡在工寮裡，我們擁有屬於我們自己的地方。」

「跟我說說房子長怎樣，喬治。」蘭尼求他。

「好。我們有一間小屋子，有自己的房間。一個雖然小但很夠力的鐵爐，冬天的時候燒著火好暖和。這塊土地沒有很大，所以我們不用工作得太辛苦，也許一天六七個小時就好。我們不必每天花上十一個小時扛大麥。我們種什麼，就會收割什麼，我們會看到自己播種的成果。」

「還有兔子。」蘭尼熱切地說：「我會照顧牠們。喬治，跟我說我會做什麼。」

「好。你會跑到苜蓿田，手裡有一個小袋子。你會把袋子裝滿，然後放到兔子的籠子裡。」

「牠們會小口小口地吃，一直吃。」蘭尼說：「牠們會這樣吃，我有看過。」

「每六個星期左右，」喬治繼續說：「牠們就會生小兔子。所以我們會有很多兔子，可以吃也可以賣。我們會養幾隻鴿子，牠們會像我小時候看到的那樣，在風車附近飛來飛去。」他心神蕩漾地看著蘭尼上方的牆壁。「全部都是我們自己的，沒有人會叫我們走路。如果我們不喜歡誰，我們可以叫他『滾出去』，然後他就必須乖乖走開。如果朋友來，我們可以多加一張床。我們會說『睡一夜再走吧』，朋友就會留下來。我們會養一隻狗和幾隻有條紋的貓，但是你要看著，不能讓貓吃掉小兔子。」

蘭尼的呼吸急促起來：「貓敢給我抓兔子！我會折斷牠們該死的脖子。我……我會用棍子打死牠們。」他平息下來，但仍然對著自己嘀咕，用話語威脅那些想像中的貓，不准牠們去騷擾他日後會擁有的兔子。

喬治沉浸在自己描述的世界裡。

老甘開口說話的時候，喬治和蘭尼都嚇了一跳，彷彿他們做壞事被抓個正著。老甘說：「你知道哪裡有像那樣的地方嗎？」

喬治馬上升起防備心。「如果我知道，」他說：「又關你什麼事？」

「你不用告訴我在哪裡，那地方哪裡都可能有。」

「對。」喬治說：「沒錯，你一百年都找不到。」

老甘興奮地繼續說：「這樣一個地方要多少錢？」

喬治懷疑地看著他。「嗯，我可以用六百塊買到。那塊地的老人家破產了，老太太還需要錢動手術。欸，這跟你有什麼關係？你管我們的事情幹嘛？」

老甘說：「我只有一隻手，在這裡幾乎是廢人。我是在這裡手才變成這樣的，所以他們給了我打雜的工作。又給我兩百五十塊補償我廢掉的手。現在，我在銀行裡還有五十塊。這樣總共三百，這個月底我又會有五十塊。我跟你說，」他身體前傾，熱切地說：「假設我和你們一起。我有三百五十塊。我沒什麼用，可是我會煮飯、養雞和整理花園。這樣怎麼樣？」

喬治半閉著眼睛。「我得考慮一下。我們一直以來都是打算自己來。」

老甘打斷了他：「我可以立下遺囑，把錢留給你們，以防萬一，因為我沒有親戚。你們有錢嗎？也許我們現在就可以去買下來？」

喬治忿忿地朝地上吐了一口口水。「我們兩個只有十塊。」然後他若有所思地說：「你聽我說，如果我和蘭尼工作一個月，什麼都不花，我們會有一百塊。這樣就四百五了。我賭這樣應該就夠我們把地訂下來。然後你和蘭尼可以先去準備，我再找一份工作，賺剩下的錢，然後你們可以賣蛋之類的東西。」

他們不再說話，而是驚訝地看著彼此，覺得不可思議。他們從來沒有真正相信過的事情，竟然要成真了。喬治充滿敬畏地說：「幹，老天啊！我敢說，我們真的可以買到那塊地！」他的眼神流露出不可思議。「我們真的可以買到地了！」他輕聲重複道。

老甘坐在床鋪的邊緣，緊張地抓住手斷掉的地方。他說：「我是四年前受傷的。他們很快就會叫我走路了。只要哪天我沒辦法再打掃工寮，他們就會叫我走路。如果我把我的錢給你們，你們是不是可以讓我整理花園之類的，雖然我沒辦法做得很好。我也可以洗碗，還有養小雞這樣的事情。但我會住在我們自己的家，打理我們自己的家。」他可憐地說：「你看他們今天晚上對我的狗做了什麼。他們說牠沒用了，說牠活著對自己和其他人都不好。如果他們叫我走路，我會希望有誰可以幫我了斷，但是他們不會這樣做。我沒有別的地方可以去，也找不到其他工作。等你們要辭職的時候，我還會再拿到三十塊。」

喬治站了起來。他說：「我們買得到那塊地。我們把那個小小的老地方修好，然後在那裡生活。」他又坐了下來。他們全都坐著不動，被整個計畫的美好弄得飄飄然。一想到這樣的好事要成真了，所有人的腦袋都飄到了未來。

喬治一面想像一面說：「城裡有狂歡節或馬戲團，或是球賽，或是任何他媽的樂子的時候，我們可以去參加。」老甘點頭應和著。喬治說：「我們不用問誰我們可不可以去，只要說『我們走』，就可以出門去。只要先幫牛擠好奶，灑一些穀子給雞吃，我們就可以出去玩。」

蘭尼打岔：「我會放草給兔子吃，我永遠不會忘記餵牠們。我們什麼時候要幹這件事，喬治？」

「再一個月，再一個月我們就幹。你知道我打算怎麼做嗎？我會先寫信給那些老人家，跟他們說我們要那塊地。然後老甘先付一百，這樣就綁定了。」

「沒問題。」老甘說：「那裡的爐子好用嗎？」

「有一個很不錯的爐子，可以燒炭、燒木材。」

蘭尼說：「我會帶我的小狗。幹，牠一定很喜歡那裡，我就是知道，幹。」

聲音從外面傳來。喬治迅速說道：「不要告訴任何人。只有我們三個知道。他們會叫我們走路，這樣就賺不到錢了。先假裝我們好像一輩子都要扛大麥一樣，先繼續工作。然後，有一天，我們領了薪水就走。」

蘭尼和老甘點點頭，他們開心地咧嘴而笑。「不要告訴任何人。」蘭尼對自己說。

老甘說：「喬治。」

「什麼？」

「我應該自己殺狗才對，喬治。我不應該隨便讓陌生人殺我的狗。」

門開了。修老大走了進來，卷哥、大卡和阿輝跟在他後面。修老大皺著眉，他的手黑黑的，卷哥緊跟在一旁。

卷哥說：「好吧，我沒有什麼意思，修老大，我只是問問。」

修老大說：「那你也太常問了，媽的，不煩嗎？如果你不能管好你該死的老婆，你覺得我可以怎麼辦？你不要再來煩了。」

「我只是要說我沒有什麼意思。」卷哥說：「我以為你有看到她。」

「幹，你為什麼不叫她待在家裡，不准跑出來？」大卡說：「你讓她在工寮晃來晃去，很快就會出事了，你也不能怎麼辦。」

卷哥對大卡怒吼：「你給我閃一邊去，還是我們來外面打一架？」

大卡笑了。「你他媽的嫩B，你想要嚇唬修老大，但是根本沒用。反而是修老大讓你怕得要死。你像青蛙一樣只會亂叫。我管你是不是縣裡最好的拳擊手，你敢動我，我就打爆你的鳥頭。」

老甘高興地一起圍剿卷哥。「手套裡滿滿的凡士林。」他故作噁心地說。卷哥瞪了他一眼，然後突然注意到蘭尼，蘭尼還在為了農場帶來的喜悅而微笑。

卷哥像小獵犬一樣衝到蘭尼面前：「你在笑什麼？」

蘭尼茫然地看著他：「什麼？」

卷哥的憤怒一下子爆發了：「來吧，你這個大混蛋。給我站起來！沒有哪個爛大個兒可以嘲笑我，我會讓你知道誰是肉腳。」

蘭尼無助地看著喬治，然後他站了起來，試圖向後退。卷哥伏低不動。突然，他用左手揍了蘭尼一拳，然後又是一記右拳重擊蘭尼的鼻子。蘭尼哭了起來，嚇得半死，鼻血流了出來。「喬治！」他哭著叫：「喬治，叫他走開。」他一直向後退，退到貼在牆邊，可是卷哥緊跟不放，不斷揍他的臉。蘭尼的手一直放在身體兩側，他太害怕了，根本忘了要防守。

喬治站起來大喊：「蘭尼，打他，不要讓他打你。」

蘭尼用大手遮住自己的臉，充滿了恐懼。他哭著說：「喬治，叫他停下來。」然後卷哥攻擊他的肚子，讓他喘不過氣來。

修老大跳了起來。他大聲喊：「這個下流的癟三，我來收拾他。」

喬治伸出手抓住修老大。「等等。」他大叫。他雙手圈在嘴巴前方，大喊：「蘭尼，打他！」

蘭尼把手從臉上移開，四處尋找喬治，卷哥趁機痛擊他的眼睛。蘭尼的大臉布滿鮮血。喬治再次大喊：「我叫你打他。」

卷哥一記鉤拳打來，此時蘭尼伸手抓住了他的拳頭。下一秒鐘，卷哥像是被釣到、掛在線上的魚一樣，他的拳頭被蘭尼的大手整個握住。喬治跑了過去。「放開他，蘭尼，放開他。」

蘭尼驚恐地看著眼前不斷掙扎的矮個兒。蘭尼滿臉是血，一隻眼睛被劃傷，睜不開。喬治一次又一次打他的臉，但蘭尼仍緊握著拳頭。卷哥變得慘白，整個人縮了起來，愈來愈無法掙扎。他的手被蘭尼握得緊緊的，只能站著大聲哭喊。

喬治一遍又一遍喊道：「放開他的手，蘭尼。放開。修老大，快來幫忙，不然卷哥的手就完了。」

突然，蘭尼鬆開手畏畏縮縮地蹲到牆邊。「喬治，是你叫我這樣。」他可憐兮兮地說。

卷哥坐在地上，失神地看著自己被折爛的手。修老大和大卡彎腰查看。然後修老大站起身，充滿畏懼地看著蘭尼。他說：「我們要送他去看醫生。看起來他手的骨頭全都斷了。」

「我不是故意要這樣做的。」蘭尼哭了：「我沒有想要讓他受傷。」

修老大說：「大卡，你去把車子準備好，我們把他帶到索立鎮治療。」大卡趕緊出去。修老大轉向啜泣的蘭尼。他說：「這不是你的錯，是這個混蛋自找的。但是，他媽的！他的手要廢了。」修老大趕緊走了出去，一下子之後帶著一杯水回來，拿到卷哥嘴邊。

喬治說：「修老大，我們會被開除嗎？我們需要錢。卷哥的老爸會叫我們走路嗎？」

修老大苦笑，他跪在卷哥旁邊。「你還有在聽嗎？」他問。卷哥點點頭。「好，那聽好了。」修老大說：「我想，你的手是卡到機器裡面去了。如果你不告訴別人發生了什麼事，我們也不會說。可是如果你到處說，想害這個人丟工作，我們就把事情告訴大家，然後你會怎麼被笑就自己去想。」

「我不會說。」卷哥說。他沒有看蘭尼。

車輪聲從外面傳來。修老大扶著卷哥站起來。「走吧，大卡要帶你去看醫生。」他扶卷哥走出門。車輪的聲音漸漸遠去。幾分鐘後，修老大回到工寮。他看著仍然害怕蜷縮在牆邊的蘭尼。他說：「讓我看一下你的手。」

蘭尼伸出雙手。

修老大說：「幹他媽的，我可不敢讓你對我生氣。」

喬治插嘴：「蘭尼只是嚇到了，他不知道該怎麼辦。我跟你說過，任何人都不應該和他打架。嗯不對，我是和老甘說的。」

老甘嚴肅地點點頭。他說：「對，今天早上，卷哥第一次挑釁你朋友的時候，你說：『如果他知道會有什麼下場，他最好不要惹蘭尼。』你是這樣跟我說的。」

喬治轉向蘭尼：「這不是你的錯。你不要再害怕了。你做了我要你做的事。你要不要去浴室洗把臉，你的臉看起來很恐怖。」

蘭尼腫著嘴巴笑了笑。他說：「我不要惹麻煩。」他走向門，但快到門口前，他轉過身子。「喬治？」

「幹嘛？」

「我還能養兔子嗎，喬治？」
「當然。你沒有做錯什麼。」
「我不是故意的，喬治。」
「對。幹，快滾出去，去把洗臉。」

第四章

穀倉旁有一間小小的棚屋，這是放鞍具的房間。馬房黑鬼歪仔的床就放在這裡。小房間的一側是一面四格方窗，另一側是通往穀倉的狹窄木板門。歪仔的床是一個裝滿稻草的長箱子，他的毯子攤開蓋著。窗戶旁邊的牆上有一些釘子，釘子上掛著還待修理的馬鞍和新的皮條。窗戶下方有一張小長凳，放著皮工的工具、彎曲的刀、針和亞麻線團、一台小型的手動鉚釘機。也有一些鞍具掛在釘子上，和一個裂成兩半、露出裡面馬鬃毛的馬頸圈、一具壞掉的頸軛、一條外皮已經裂開的馬韁鏈。歪仔床頭上方也有一個蘋果箱，裡頭擺著藥瓶，有給他自己用的，也有些是給馬用的。架子上還有用來洗馬鞍的肥皂和一個柏油罐，刷子插在罐子裡。散在地上的是一些個人物品，歪仔自己一個人住，所以可以這樣把東西隨便放。身為管馬房的，又是跛腳，他在這間農場比其他人都還要資深，積累了很多自己一個人已經扛不動的東西。

歪仔有好幾雙鞋、一雙膠靴、一個大鬧鐘和一把單柄獵槍。他也有書。一本破爛的字典和一本已經翻到爛的一九〇五年加州民法。床頭有一個特別的架子，放著幾本破爛的雜誌和幾本髒兮兮的書。床頭牆面的釘子上掛著一副大金框眼鏡。

房間打掃過，頗為整潔。歪仔是個驕傲漠然的人，他和別人保持距離，並要求其他人待在自己的位置上。他的身體因為脊椎歪掉所以斜向左側。他的眼窩凹陷，所以眼睛似乎閃爍著光。他瘦削的臉布滿深黑色的皺紋，嘴唇很薄，總是抿著，像是受盡磨難一樣，顏色比他的臉要淡一些。

那天是星期六晚上。通往穀倉的門開著，從門外傳來馬的各種聲響：牠們動來動去的馬蹄聲、吃著乾草的咀嚼，和轠繩吱嘎作響。棚屋裡，一個小電燈泡照射出微弱的黃光。

歪仔坐在床上，背後的襯衫沒有塞進牛仔褲裡。他一隻手拿著一瓶擦劑，另一隻手搓著脊椎。他反覆將幾滴擦劑倒入他粉紅色的手掌中，伸到襯衫下按摩著。他伸展背部的肌肉，顫抖了一下。

蘭尼無聲無息地出現在敞開的門口，站在那裡朝裡面看，他寬大的肩膀幾乎填滿了門。歪仔一時沒看到他，但當他抬起眼睛時，整個人僵住了，臉色一沉。他的手從襯衫下面伸了出來。

蘭尼無助地傻笑，他想要交朋友。

歪仔厲聲說道：「你沒有權利進來我的房間。這是我的房間，除了我，沒有人可以進來。」

蘭尼害怕得倒吸一口氣，露出更為討好的笑容。「我什麼也沒做。我只是來看我的小狗，看到你房間的燈亮著。」他解釋說。

「欸，我有權利開燈。你給我離開我的房間。你們的工寮不讓我進去，你也別想進來。」

「你為什麼不能來工寮？」蘭尼問。

「因為我是黑人。他們在那裡打牌，但我不能玩，因為我是黑人。他們說我很臭。我告訴你，你們所有人我都覺得很臭。」

蘭尼笨拙地揮揮大手，說道：「每個人都進城了。修老大和喬治和所有人都去了，喬治說我要待在這裡，不要惹麻煩。我看到你的燈亮著。」

「那你要幹嘛？」

「沒幹嘛，我看到你的燈，我以為我可以進來坐一下。」

歪仔盯著蘭尼看。他伸手往後，取下眼鏡戴在粉紅色的耳朵上，調整了一下，又看向蘭尼。「反正我不知道你在穀倉幹什麼。」他抱怨：「你又不是車隊的人，他們也沒有叫人把東西扛到穀倉來。你又不是車隊的人，不要來給我碰馬。」

「小狗，」蘭尼反覆說道：「我來看我的小狗。」

「好吧，那就去看你的小狗。這裡不歡迎你，不要過來。」

蘭尼不笑了。他往房裡走了一步，然後想起什麼又退回到門口。「我只是來看牠們一下，修老大說我不可以一直摸。」

歪仔說：「可是你一直把小狗從狗窩裡拿出來。我在想，那隻母狗應該會把窩搬到其他地方去。」

「哦，牠不管我。牠讓我玩小狗。」蘭尼又踏進了房間。

歪仔一臉不悅，但蘭尼的笑臉讓他卸下防備。「進來坐一下吧。」歪仔說：

「只要你不要跑走，留下我一個人，你坐下來好了。」他的語氣變得友善了一些。「所有人都進城去了嗎？」

「除了老甘，他在工寮裡削鉛筆，一直削，一直算。」

歪仔推推自己的眼鏡。「算？老甘在算什麼？」

蘭尼幾乎是用喊的：「算兔子。」

「你瘋了嗎？」歪仔說：「你腦袋有問題，說什麼兔子。」

「我們會養的兔子，我會照顧，割草，然後給牠們水之類的。」

「瘋子。」歪仔說：「難怪和你到處去的那個男人不讓別人看到你。」

蘭尼靜靜地說：「我沒有說謊。我們會做這件事。我們會有一個小地方，然後靠土地生活。」

歪仔讓自己在床上坐得舒服些。「坐下吧。」他提出邀請：「坐在釘子桶上。」

蘭尼彎腰坐在那個小桶子上，「你以為我在說謊，」他說：「但這不是謊話，每一個字都是真的，你可以問喬治。」

歪仔用粉紅色的手托住深色的下巴。「你和喬治一起四處討生活，對不對？」

「對。我們去哪裡都一起。」。

歪仔繼續說：「有時候他說話，你不知道他在說什麼鬼，對不對？」他向前傾，深深看著蘭尼。「是不是這樣？」

「是……有時候是。」

「他說個沒完，可是你不知道那些話是什麼鬼意思。」

「對……有時候……可是……不是每次都這樣。」

歪仔前傾的身體超出了床沿。「我不是出生在南方的黑人。」他說：「我是在這裡出生的，在加州。我爸有一座養雞場，大約十英畝。白人小孩會到我們家玩，有時候我會和他們一起玩，他們其中有些人很好。我爸不喜歡那樣。我一直都不知道他為什麼不喜歡，但是我現在知道了。」他猶豫了一下，當他又開口說話時，聲音變得柔和。「那個時候，幾公里之內都只有白人居住。現在，這個農場上一個黑人都沒有，在索立鎮也只剩一個黑人家庭。」他笑了。「如果我說什麼，有什麼重要的呢，只是黑鬼在亂叫。」

蘭尼問：「你覺得要多久小狗才會長大到可以給我？」

歪仔又笑了：「和你說話很好，因為你不會到處講。幾個星期吧，小狗就會長大了。喬治知道自己在幹嘛。只要一直講，反正你什麼都不懂。」他興奮地把身體向前傾。「只是一個黑鬼在說話，一個倒楣的黑鬼。所以沒有什麼意思，懂嗎？反正你不會記得。我看過好多了，一個傢伙跟另一個傢伙一直說，對方有沒有在聽、聽不聽得懂，都沒差。重要的是他們在說話，或坐著不講話，都沒差，沒差。」他愈講愈興奮，用手拍拍膝蓋。「喬治可以說亂七八糟的事也沒關係。重要的是說說話，重要的是和另一個人在一起，就這樣而已。」他停了下來。

歪仔的聲音變得輕柔，充滿說服力。「假設喬治沒有回來，假設他就這麼走了，那你該怎麼辦？」

蘭尼的注意力逐漸轉到歪仔說的話上面。「什麼？」他問。

「我說，假設喬治今天晚上到城裡去，你就再也沒有他的消息了。」歪仔繼續說下去，彷彿贏得了某種個人的勝利。「如果是這樣。」他重複。

「他不會這麼做的。」蘭尼哭了起來：「喬治不會那樣，我和喬治在一起很久了，他今天晚上會回來的。」但是心中的懷疑對蘭尼來說太難以承受。「你不覺得他會回來嗎？」

歪仔折磨著蘭尼，開心得臉都亮了。「沒有人知道別人會幹嘛。」他平靜地解釋：「如果說，他想回來，但回不來。或者，他被殺了或受傷了，所以回不來。」

蘭尼費盡腦子想弄懂他的意思：「喬治不會那樣做的。喬治很小心，他不會受傷，他永遠不會受傷，因為他很小心。」

「想想看，如果，我是說如果，他不回來，那你怎麼辦？」

蘭尼的臉皺了起來，露出害怕的表情。「我不知道。欸，你到底在幹嘛？」他哭了：「這不是真的。喬治沒有受傷。」

歪仔繼續恐嚇他：「要我告訴你會發生什麼事嗎？他們會把你帶到瘋人院，把你像一隻狗用項圈拴住。」

蘭尼的眼睛突然聚焦，他變得安靜，然後露出凶光。他站起來，威脅地走向歪仔。「誰傷害了喬治？」他問。

歪仔覺察到危險逼近，坐回自己的床上，閃向一邊去。他說：「我只是假設而已，喬治沒有受傷，他沒事，他會回來的。」

蘭尼站在歪仔面前，低頭看他。「你是要假設什麼？沒有人可以假設喬治有沒有受傷。」

歪仔摘下眼鏡，用手指揉揉眼睛。「坐下吧。」他說：「喬治沒有受傷。」

蘭尼一邊悶哼，一邊坐回桶子上。他低聲抱怨：「不可以說喬治有沒有受傷。」

歪仔輕聲說：「也許你現在明白了。你有喬治，你知道他會回來。假設你身邊沒有人，假設因為你是黑人，所以你不能進到工寮裡打牌，你喜歡那樣嗎？假設你必須坐在這裡看書。當然，你可以玩丟馬蹄鐵，玩到天黑，但是之後還是只能看書。書沒有用，人要有人陪，有人在旁邊。」他哀嘆著。「如果沒人陪，人會瘋掉的。不管是誰，都要有人和你在一起。我告訴你，」他大聲說：「我告訴你，一個人太寂寞了，會生病。」

「喬治一定會回來。」蘭尼用顫抖的聲音安慰自己：「也許喬治已經回來了，也許我最好去看看。」

歪仔說：「我沒有要嚇你，他會回來的。我是在說我自己，晚上一個人坐在這裡，讀書還是想事情，還是做什麼其他事。有時候在想東西，可是沒有人跟他說腦子想對了還是想錯了。也許看到什麼東西，也不知道是真的還是假的。他不能問身邊的人是不是也有看到。他沒辦法判斷，沒有人幫他衡量。我在這裡看到過東西，我沒有喝醉，我不知道自己是不是睡著了。如果有人和我在一起，他會告訴我我睡著了，然後就沒事了。但是我就是不知道。」歪仔朝著窗戶看出去。

蘭尼可憐兮兮地說：「喬治不會離開，不會丟下我。我知道喬治不會那樣做。」

歪仔幽幽地說：「我記得，小時候在老爸的養雞場，我有兩個兄弟，他們總是在我附近，總是在我身邊，還睡在同一個房間，同一張床，我們三個人。有一塊草莓田。有一塊苜蓿田。有一天早上天氣很晴朗，我們把雞放到苜蓿田，我弟弟坐在籬笆上看著牠們，看著那些白色的雞。」

漸漸地，蘭尼開始對歪仔說的事情產生了興趣。「喬治說我們要給兔子吃苜蓿。」

「什麼兔子？」

「我們要養兔子和種莓果。」

「你瘋了。」

「真的，你去問喬治。」

「你腦袋有洞。」歪仔很輕蔑地說：「我看過太多流浪討生活的人了，他們揹著包包來到農場，腦袋裝著一樣該死的東西。太多了。他們來，然後不幹了，離開去別的地方，每一個人的腦子裡都想著一塊土地，可是從來沒有哪個該死的傢伙真的有買到地。就像天堂一樣，每個人都想要一小塊地，我讀了很多書，沒有人可以上天堂，也沒有人買得到地，那都只是他們腦子裡想的，他們一直講，但終究只是在他們腦子裡而已。」他停了下來，望向敞開的門，門外傳來馬動來動去的聲音，馬具的鏈條鐺鐺作響，一匹馬叫了幾聲。「我想有人來了，」歪仔說：「也許是修老大。修老大有時候一個晚上會進來兩三次。修老大是一個真正的騾車隊長，他關心自己的馬匹。」他吃力地站了起來，伸直身體，朝門口走去。「是你嗎，修老大？」他問。

老甘的聲音從門外回答道：「修老大進城去了。你有看到蘭尼嗎？」

「你是說那個大個子嗎？」

「對，你有看到他嗎？」

「他在這裡。」歪仔簡短地說，回到自己的床上躺下。

老甘站在門口，抓著光禿禿的手腕，房間的亮光讓他眼睛有點睜不開。他沒有要走進去的意思。「跟你說，蘭尼，我一直在算兔子。」

歪仔不耐煩地說：「你要的話可以進來。」

老甘似乎很尷尬。「我不知道。當然，如果你要我進去的話。」

「進來。都有別人了，你也進來好了。」歪仔裝作生氣的樣子，但難掩自己的開心。

老甘走了進來，但他仍然很尷尬。他對歪仔說：「你這裡很舒服啊，有自己的房間一定很好。」

「是啦。」歪仔說：「窗戶下還堆了一堆屎，你看有多好。」

蘭尼插嘴：「你剛剛說兔子。」

老甘靠牆站在裂開的馬頸圈旁，一邊搔著自己手斷掉的地方。他說：「我在這裡很久了，歪仔也在這裡很久了，這是我第一次進來他的房間。」
歪仔陰沉地說：「大家不會來黑人的房間。除了修老大，沒人來過。除了修老大和老闆。」
老甘很快轉變了話題：「修老大是我見過最好的頭頭。」
蘭尼往老雜役靠過去，一直問：「兔子呢？」
老甘笑了。「我都算好了。如果我們進展順利，可以從牠們身上賺點錢。」
蘭尼打斷他：「但是我要養。喬治說我可以養兔子，他答應我了。」
歪仔殘酷地打斷他：「你們只是在作夢。你們只是空談而已，其實一塊地都買不到。你會在這裡打雜到他們把你放進棺材裡，然後抬出去。幹，我看過太多作夢的傢伙。蘭尼兩三個星期之後就會辭職不幹了啦。每一個人都在幻想有一塊自己的地。」

老甘憤怒地搓搓臉頰。「幹他媽的，我們就是會有。喬治說我們做得到，我們現在就已經有錢了。」

「是嗎？」歪仔說：「那喬治現在在哪裡？在鎮上的一間妓院吧。你的錢都到那裡去啦。幹，我看過太多啦，太多腦袋裡裝著土地的人，到最後每個人都兩手空空。」

老甘叫著說：「當然每個人都這樣想，每個人都想要一點點土地，不用太多，有一點自己的東西，有一點自己可以過活的東西，一個別人不能把他趕走的地方。我什麼都沒有。我在這個州，幾乎為每個人都種過東西，但種的從來都不是我的；我採收的，也從來都不是我自己的收穫。但是我們現在就會去做，你不要搞錯，喬治沒有拿錢去城裡，錢在銀行裡，我和蘭尼和喬治，我們會有自己的房間，我們要養一隻狗，還有兔子和雞。我們要種玉米，可能還會養牛和山羊。」他停了下來，陶醉在自己描繪的畫面裡。

歪仔問：「你說你有錢？」

「幹沒錯！我們已經有大部分的錢，只差最後一點點，一個月就會賺到了。喬治也還好地了。」

歪仔把手伸到背後，摸了摸自己的脊椎。「我從來沒有看過誰真的去做。」他說：「大部分人，想土地想到快要發瘋，但是最後還是把錢花在妓院或賭場。」他猶豫了一下。「……如果你們……你們需要誰來幫忙，不用錢，只要能溫飽，我可以出一臂之力。我沒有那麼廢，如果我想，我還是可以大幹一場。」

「你們有誰看到卷哥嗎？」

他們三人轉過頭去，看到卷哥的太太站在門邊。她濃妝豔抹，嘴唇微張，用力地呼吸，好像剛剛是跑過來的。

「卷哥不在這裡。」老甘酸溜溜地說。

她站在門口，對著他們微笑，用一隻手的拇指和食指磨著另一隻手的指甲。她的眼睛一張一張臉看過去，最後說：「他們把老弱殘兵都留在這裡。以為我不知道他們都去了哪裡？連卷哥都去了。我知道他們去了哪裡。」

蘭尼看著她，著了迷。但是老甘和歪仔卻皺起眉頭，躲開她的視線。老甘說：「如果妳知道，幹嘛要問我們卷哥在哪裡？」

她興味盎然地看著他們。「很有趣喔，」她說：「我隨便碰上任何一個男人的時候，如果他只有一個人的話，我們會相處得很好。但只要讓兩個男人一起遇到我，你們就不說話了。什麼反應都沒有，只會生氣。」她放下手指，把手放在屁股上。「你們彼此害怕，就是這樣。你們每個人都害怕其他人會告密，說一些對自己不利的話。」

一陣停頓之後，歪仔說：「妳最好現在就回家，我們不想惹麻煩。」

「我不會給你帶來麻煩的。你以為我不想偶爾和別人聊聊天嗎？你以為我喜歡整天都待在家裡嗎？」

老甘把斷掉的手放在膝蓋上，然後用另一隻手輕輕搓著。他罵她：「妳有丈夫，妳不應該到處胡搞瞎搞，製造麻煩。」

卷哥的太太生起氣來。「我當然有丈夫。你們每個人都知道他是怎樣。很強，是不是？他整天都在說他要對他不喜歡的人做什麼，然後他每個人都不喜歡。你以為我想要住在那個幾坪大的房子裡，聽卷哥說他先用左手揍個兩拳，然後再一記右鉤拳？『一、二』他說：『這兩下，就KO了。』」她停住不講話，臉上沒了怒氣，反倒浮現好奇。「欸，卷哥的手是怎麼了？」

一陣尷尬的沉默。老甘偷看了蘭尼一眼，然後清清喉嚨。「那個……卷哥……他的手被機器卡住，夫人。所以變成這樣。」

她看著他們一會兒，然後笑了起來。「胡說八道！你以為你騙得過我？卷哥惹事但是收拾不了。被機器卡住——胡說！他的手受傷以後，就不能用什麼一二絕招啦。說，到底是誰弄傷他的？」

老甘嚴肅地重複道：「他被機器卡住。」

「好，」她輕蔑地說：「好，不說就不說。我在乎嗎？你們這些打零工的，幹他媽的覺得自己很厲害是吧，你們以為我是什麼？小孩嗎？我告訴你，我可是可以上台表演的，還不只一場，有個男人要讓我演電影……」她氣得上氣不接下氣。「星期六晚上，每個人都出門找樂子，每個人，那我在幹嘛？站在這裡和一群打零工的笨蛋說話，一個黑鬼，一個笨蛋，一個老廢物，還要覺得不錯，不然也沒其他人了！」

蘭尼看著她，嘴巴半開。歪仔用黑人的尊嚴武裝自己。但是老甘有了改變，他突然站起來，原本坐的桶子向後倒。「我受夠了，」他生氣地說：「我們沒有要妳在這裡，我們告訴過妳了。我告訴妳，妳那淫蕩的腦袋以為我們男人都怎麼樣。妳那顆鳥頭沒裝什麼東西，根本不知道我們不是無家可歸的流浪工人。如果妳讓我們被解雇，如果妳這樣做，妳以為我們只能沿著高速公路走，再去找另一個像這樣包吃包住的工作。妳不知道我們有自己的農場可以去，我們自己的房子，我們不用待在這裡。我們有房子，有雞，有果樹，有一個比這裡還漂亮的家。我們還有朋友。也許以前我們會害怕被踢出去，但我們已經不再害怕了。我們有自己的土地，是我們的，我們有地方可以去。」

卷哥的妻子笑他。「胡說八道，」她說：「我看過太多這樣的人了。如果你身上有兩毛錢，還不是去喝兩杯玉米做的威士忌，然後把杯子舔得乾乾淨淨？我知道你們都這樣。」

老甘的臉愈來愈紅，但在她說完之前，他就已經控制住自己，整個局面都在他的掌控之中。「我也聽過。」他輕輕地說：「也許妳最好趕快離開，我們跟妳沒有什麼話好說，我們知道自己有什麼，我們不在乎妳是不是知道，所以也許妳最好趕快離開，因為卷哥可能不喜歡自己的太太在穀倉裡面，和打零工的在一起。」

她一張臉一張臉看過去，每個人都面無表情。她看蘭尼看得最久，久到他尷尬地低下頭來。她突然說：「你臉上怎麼會有瘀青？」

蘭尼充滿罪惡感地抬起頭來。「誰，我嗎？」

「對，你。」

蘭尼向老甘求助，然後又看著自己的大腿。他說：「他的手被機器卡住了。」

卷哥的太太笑了。「很好，機器。我待會兒再跟你聊天。我喜歡機器。」

老甘打斷他們：「妳離蘭尼遠一點，不要鬧他。我要告訴喬治妳說的話。喬治不會讓妳糾纏蘭尼。」

「誰是喬治？」她問：「跟你一起來的那個矮子？」

蘭尼開心地笑了。「就是他。」他說：「就是他，他會讓我養兔子。」

「喔，你要兔子。或許我自己來養個幾隻。」

歪仔從床上站起來面對她。「我受夠了。」他冷冷地說：「妳沒有權利進來一個黑人的房間，妳也沒有權利把事情弄得亂七八糟，現在妳給我出去，快離開這裡。如果妳不這樣做，我會跟老闆說，要他禁止妳來穀倉。」

她轉過身，輕蔑地看著他。「你聽好了，黑鬼，」她說：「如果你不閉上你的鳥嘴，你知道我可以怎麼對付你。」

歪仔無能為力地看著她，然後坐了下來，縮成一團。

她繼續逼近他。「你知道我能做什麼嗎？」

歪仔整個人似乎變小了，他靠在牆上。「知道，夫人。」

「你給我安份一點，黑鬼。我輕輕鬆鬆就可以讓你掛在一棵樹上，輕鬆到一點都不好玩。」

歪仔整個人縮了起來，幾乎不存在，沒有個性，沒有自我，什麼都沒有，空無到不讓人喜歡或討厭。他回答：「好的，夫人。」他的聲音沒有音調。

她站了一會兒，好像在等歪仔有什麼動作，讓她可以再次訓斥他；但是歪仔完全安靜地坐著，他移開了目光，所有可能被打的地方都縮了起來。最後，她轉向另外兩個人。

老甘看著她，失了魂。「如果妳真的那樣做，我們會告訴大家。」他靜靜地說：「我們會告訴別人妳對歪仔做了什麼。」

她大叫：「你敢說個屁，去死吧你！沒人會聽你的，你自己很清楚，沒人會相信你。」

老甘退縮了：「也是……」他自己也知道。「沒人會相信我們。」

蘭尼嗚咽地說：「我希望喬治在這裡，我希望喬治在這裡。」

老甘走到他身邊：「你不用擔心，我聽到有人來了，我敢打賭，喬治現在已經在工寮了。」他轉向卷哥的太太。「妳最好現在就回家。」他靜靜地說：「如果妳現在離開，我們不會告訴卷哥妳來過這裡。」

她冷冷地打量他：「我不相信你有聽到什麼。」

他說：「最好不要碰運氣。如果妳不確定，保險一點比較好。」

她轉向蘭尼：「我很高興你讓卷哥受了點傷，他自作自受，有時候我自己都想揍他一頓。」她溜出門，消失在黑暗的穀倉裡。當她穿過穀倉時，馬匹脖子上的鏈條鐺鐺作響，有些馬悶哼了幾聲，有些跺著地。

歪仔似乎慢慢卸下他武裝自己的層層保護。「你說那些傢伙回來了，是真的嗎？」他問。

「當然，我聽到了。」

「好吧，我什麼也沒聽到。」

老甘說：「大門關上的時候有砰了一聲。」他繼續說：「幹，好險卷哥的太太知道怎麼安安靜靜地跑來跑去。不過，我想她常常練習吧。」

此時，歪仔對整個話題不再回應。他說：「你們最好也快走，我不確定我想要你們繼續在這裡，一個黑人總該有些自己的權利。」

老甘說：「那個婊子不應該對你說那種話。」

「那沒什麼。」歪仔無精打采地說：「你們來這裡，坐在我房間裡，讓我都忘記現實了。她說的是真的。」

馬兒在穀倉裡哼了一聲，鐵鏈發出聲響，有個聲音叫道：「蘭尼。喂，蘭尼，你在穀倉裡嗎？」

「是喬治。」蘭尼大叫：「喬治，在這裡，我在這裡。」

喬治出現在門口，他不太高興地看著眼前的房間。「你在歪仔的房間裡幹什麼？你不應該來這裡的。」

歪仔點了點頭：「我跟他們說了，但他們還是進來。」

「那你為什麼不把他們踢出去？」

「我沒差。」歪仔說：「蘭尼是個好傢伙。」

老甘振作了精神。「哦，喬治！我一直在算東算西，我搞清楚我們可以怎樣從兔子身上賺錢了。」

喬治沉著臉說道：「我不是跟你說不要告訴別人。」

老甘洩了氣。「我只有跟歪仔說，沒有其他人了。」

喬治說：「好吧，你們給我離開這裡。老天啊，看來我連一分鐘都不能走開。」

老甘和蘭尼站了起來，走向門口。歪仔叫道：「老甘！」

「什麼？」

「還記得我說要除草和打雜的事嗎？」

「嗯。」老甘說：「我記得。」

「忘了吧，當我沒說。」歪仔說：「我不是認真的，開個玩笑而已。我不想去那種地方。」

「好吧，你自己決定。晚安。」

他們三個人走出門。穿過穀倉時，馬兒悶哼了幾聲，脖子上的鏈條鐺鐺作響。

歪仔坐在床上，盯著門看了一會兒，然後他伸手拿擦劑。他把背後的襯衫拉了出來，在粉紅色的手掌上倒了一點擦劑，伸到背後，然後側躺下來，揉了揉背。

第五章

大穀倉的一端堆滿了新的乾草，乾草堆上方的滑輪上懸掛著四齒乾草叉。乾草堆像是小山坡斜了下來，低矮的地方延伸到穀倉的另一端。穀倉只剩一小片還沒堆起新的乾草，只有那裡還空著。穀倉兩側可以看到飼料架，在板架之間可以看到馬的頭部。

現在是星期天下午。馬匹正在休息，嚼著飼料架上剩餘的乾草。牠們時而跺腳，時而咬咬木頭馬槽，時而弄響頸圈的鏈條。午後陽光從穀倉牆壁的縫隙鑽了進來，在乾草堆上照出一條一條的亮光。有蒼蠅在空中嗡嗡叫，發出午後慵懶的聲音。

從外面傳來馬蹄鐵撞到立樁的聲響，男人的叫喊此起彼落，他們正在比賽，時而彼此打氣，時而彼此嘲弄。但穀倉裡卻非常安靜，只有嗡嗡聲，懶散而溫暖。

穀倉裡只有蘭尼一個人。他坐在穀倉深處馬槽下方的一個箱子旁，那裡乾草沒有很多，蘭尼坐在乾草堆上，看著躺在他面前一隻死掉的小狗。蘭尼看了很久，然後伸出大手撫摸牠，從小狗身體的一端摸到另一端。

蘭尼對小狗輕聲說：「你為什麼會死掉呢？你不像老鼠那麼小，我也沒有很大力啊。」他把小狗的頭扳起來，看著牠的臉，對牠說：「現在可好了，如果喬治發現你被我弄死，他也許就不會讓我養兔子了。」

他挖了一個小坑，把小狗放在裡面，用乾草蓋住，不想看見。但是他繼續凝視著自己做出來的土堆。他說：「這不是我需要跑去躲在灌木叢裡的壞事。不是，這不是。我會跟喬治說，我發現的時候小狗就已經死掉了。」

他把小狗從坑裡挖出來檢查了一下，又從耳朵摸到尾巴。他傷心地說：「但是他一定會知道的，喬治什麼都知道，他會說：『你又來了。不要給我找麻煩。』然後他會說：『因為這樣，所以你現在不可以養兔子了！』」

突然，他生起氣來。「該死！」他大喊：「你為什麼會被弄死？你不像老鼠這麼小啊。」他撿起小狗，使勁扔出去。他轉身背對著小狗，坐了下來，身體前傾靠向拱起的膝蓋，小聲地說：「現在，我不可以養兔子了。現在他不會讓我養了。」他好傷心，身體來回搖晃著。

從外面傳來馬蹄鐵撞擊在鐵樁上的聲響和一陣歡呼。蘭尼起身把小狗撿了回來，放在乾草堆上，然後坐下。他又摸摸小狗。他說：「你還不夠大，他們一直跟我說你不夠大，我不知道你這麼容易就會被弄死。」他用手指摸著小狗垂軟的耳朵。他說：「也許喬治覺得沒差。這隻該死的小雜種對喬治來說根本什麼都不是。」

卷哥的太太從最後一間馬廄冒了出來。她無聲無息，所以蘭尼根本沒發現她。她穿著鮮豔的棉質連身裙和那雙有著紅色鴕鳥毛的便鞋。她的臉化著濃妝，像香腸一般的卷髮精心打理過。她走到非常靠近的時候，蘭尼才抬起頭來看到她。

蘭尼驚慌失措，用手指抓了一大把乾草蓋住小狗。他沒好氣地看了她一眼。

她說：「小帥哥，你在弄什麼東西啊？」

蘭尼瞪著她。「喬治說，我不可以跟妳說話或和妳在一起。」

她笑著說：「你什麼事情喬治都要管喔？」

蘭尼低頭看著乾草。「如果我跟妳說話或在一起，我就不可以養兔子。」

她靜靜地說：「他是怕卷哥會生氣。可是我跟你說，卷哥現在手打了石膏。而且如果他又來，你可以折斷他另一隻手。說什麼他被機器卡到，這種話騙不了我的啦。」

但蘭尼沒有上當。「請妳不要過來！我不會和妳說話，什麼都不會。」

她跪坐在他旁邊的乾草堆。「我跟你講，」她說：「所有人都在比賽丟馬蹄鐵。現在才四點，比賽還沒完。我為什麼不能和你說話？我從來都沒有人可以說話，我真的好寂寞。」

蘭尼說：「可是我不應該跟妳說話，什麼都不可以。」

「我很寂寞。」她說：「你可以和別人說話，但是我除了卷哥，沒有人跟我說話，不然他會生氣。你喜歡沒人跟你說話嗎？」

蘭尼說：「我不可以和妳說話。喬治怕我會惹上麻煩。」

她改變了話題：「你在那裡蓋住什麼？」

一聽到她這樣問，蘭尼記起了剛剛的傷心事。「只是我的小狗而已。」他悲傷地說：「只是我小小的小狗而已。」他把乾草撥開。

「啊，小狗死掉了。」她大叫。

蘭尼說：「牠好小。我是和牠玩……然後牠好像要咬我……然後我假裝要打牠……然後……然後我一弄，牠就死了。」

她安慰他：「你不用擔心，只是一隻小雜種，你隨便都找得到，這裡到處都是雜種狗。」

「不是這樣的。」蘭尼幽幽地解釋：「喬治現在不會讓我養兔子了。」

「為什麼不會？」

「那個，因為他說如果我再做壞事，他就不讓我養兔子了。」

她又朝著他更靠近了一點，安慰他：「你不用擔心和我聊天的事，有沒有聽到外面那些傢伙大吼大叫？他們比賽的賭注是四塊錢，比賽沒有結束，他們都不會散的。」

「如果喬治看到我在跟妳說話，他會罵死我。」蘭尼謹慎地說：「他告訴過我了。」

她擺出生氣的臉。「我是惹到誰？」她大叫：「我沒有權利和任何人說話嗎？他們是覺得我怎樣？你是一個好人，我不知道為什麼我不能和你說說話，我又不會害你。」

「喬治說妳會把我們的生活弄得一團糟。」

「噢，有病嗎？」她說：「我是會怎樣害到你？看來他們一點都不在乎我過得怎樣。我跟你講，我住不慣這裡。我可以出名的。」她陰沉地說：「也許我還有機會。」然後她的話傾洩而出，全都說了出來，彷彿她要趕在聽眾被帶走之前，匆匆交待所有事情。她說：「我是薩利納斯人，小時候搬來的。有一天，有一個劇團來城裡表演，我碰上一位演員，他說我可以跟著去巡迴演出，但是我老媽不讓我去，她說我才十五歲而已。但是那個人說我可以。如果我那時候跟著去，我跟你賭，我現在才不會過著這樣的生活。」

蘭尼來回摸著小狗，「我們會有一個小地方，還有兔子。」他解釋道。

她繼續飛快地講著自己的故事，不想被提早打斷。「後來，我遇見另一個人，他是做電影的。我和他一起去了河濱大舞廳。他說要讓我演電影，他說我天生就是明星，說他回去好萊塢之後很快就會寫信給我。」她仔細看著蘭尼，看看自己說的話有沒有讓他刮目相看。她說：「可是我一直沒有收到信。我一直覺得是我老媽把信偷走。我不想待在沒有未來，自己又不能發展，又有人會偷你的信的地方。我有問她是不是她偷的，她說不是。所以我嫁給了卷哥。我是在去河濱大舞廳那天晚上認識他的——你有在聽嗎？」她問。

「我嗎？當然有。」

「好吧，我從來沒有和別人說過這些，也許我不應該說，我不喜歡卷哥，他人不好。」她講出了心中的祕密，所以愈坐愈靠近蘭尼。「我可以演電影的，可以穿漂亮的衣服，就像那些演員一樣漂亮。我可以坐在大飯店裡，可以被大家搶著拍照。電影要宣傳，我可以到處去。我可以上電台節目，我不用花一毛錢，因為電影是我演的。還有像他們穿的漂亮衣服。因為那個人說我天生就是明星。」她抬頭看著蘭尼，然後舉起手做出一個浮誇的手勢，證明自己會演。手指順著她的手腕延伸出去，小指頭刻意翹了起來。

蘭尼深深嘆了口氣。從外面傳來馬蹄鐵碰撞金屬的聲音，然後是一陣歡呼。「有人丟中了。」卷哥的太太說。

太陽慢慢下沉，光線上移，原本照在地上的亮光爬上牆面，落在飼料架和馬的頭上。

蘭尼說：「如果我把這隻小狗拿出去丟掉，喬治就永遠都不會知道了。那我就可以順利養到兔子了。」

卷哥的太太生起氣來：「你腦袋裡只有裝兔子嗎？」

「我們會有一個小地方。」蘭尼耐心地解釋：「我們會有一間房子，一個花園和一個種苜蓿的地方，苜蓿是給兔子吃的，我會拿一個袋子，裝滿苜蓿，然後拿到兔子那裡。」

她問：「你為什麼對兔子那麼著迷？」

蘭尼仔細思考了一下才得出結論。他小心地往她旁邊移動，最後挨著她。「我喜歡摸漂亮的東西。有一次在一個園遊會上，我看到一些長毛兔子，看起來好漂亮。有時候找不到東西摸的時候，我會摸老鼠。」

卷哥的太太從他身邊移開一些，她說：「我覺得你瘋了。」

「沒有，我沒有。」蘭尼認真地解釋：「喬治說我沒瘋。我喜歡用手指頭摸漂亮的東西，軟軟的東西。」

她放心了些。「好吧，誰不是這樣呢？」她說：「每個人都喜歡。我喜歡摸絲綢和天鵝絨，你喜歡摸天鵝絨嗎？」

蘭尼高興地笑了起來。「老天啊，當然！」他高興地大叫。「我也有一些天鵝絨。有一個太太給了我一些，那個太太是——是我的克拉拉姨媽。她給我大概這麼大一塊，真希望那塊東西現在還在。」他皺了皺眉。「我搞丟了。」他說：「很久沒看到了。」

卷哥的太太笑他。「你瘋了，」她說：「可是你人不錯啦，就像個大嬰兒一樣，不過還是可以大概聽懂你的意思。我在梳頭髮的時候，有時候就會坐著慢慢摸自己的頭髮，好柔軟。」為了表演給蘭尼看，她用手指從頭頂順過頭髮。「有些人頭髮有點粗，」她自滿地說：「像卷哥，他的頭髮就像鐵絲一樣。但是我的頭髮又軟又細，因為我常常梳，所以很細。這裡，摸摸看這裡。」她握住蘭尼的手，放在頭上。「摸摸看這裡，是不是柔柔軟軟的？」

蘭尼的大手指摸著她的頭髮。

她說：「你不要把頭髮弄亂了。」

蘭尼說：「哦！真是太好摸了。」他更用力摸了幾下。「哦，好好。」

「小心，你要把頭髮弄亂了。」她生氣地大叫：「你給我住手，都亂了。」她扭過頭去，蘭尼的手指緊抓著她的頭髮不放。「放開。」她哭了。「你放開！」

蘭尼開始害怕，臉上的表情變得扭曲。卷哥的太太開始尖叫，蘭尼的另一隻手摀住她的嘴巴和鼻子。「請不要這樣。」他哀求：「哦！請不要這樣子。喬治會氣瘋的。」

她在他的手掌下劇烈掙扎，腳在乾草上亂踩，想要掙脫他。從蘭尼的手掌下傳來悶悶的尖叫聲。蘭尼嚇死了，哭了起來。「哦！請不要這樣子。」他求她。

「喬治會說我做了壞事。他不會讓我養兔子。」他稍微移開手，她嘶啞的慘叫竄了出來。一聽到聲音，蘭尼發怒了。「不准叫。」他說：「妳不要給我亂叫。妳會害我惹上麻煩，就像喬治說的那樣。現在，妳給我停下來。」她繼續掙扎，眼神渙散，充滿恐懼。然後他開始搖她，生她的氣。「妳不要給我大喊大叫。」他說，然後又搖搖她。她的身體像魚一樣滑落，然後就不動了，因為蘭尼折斷了她的脖子。

蘭尼低頭看著她，小心翼翼地把手從她嘴巴上面移開。她仍然一動也不動。他說：「我不想傷害妳，可是如果妳大叫，喬治就會生氣。」當她不回答也不動時，他彎腰靠近她。他抬起她的手臂，然後放了下來。他困惑了一段時間，然後，他害怕地對自己說：「我做了一件壞事。我又做了一件壞事。」

他用手耙起乾草，把她隨隨便便蓋住。

從穀倉外面傳來男人的喊叫聲，還有馬蹄鐵撞到金屬的聲音。蘭尼第一次意識到外面的事物，他蹲在乾草堆裡聽著。他說：「我做了一件很不好的事情。我不應該那樣做。喬治會生氣，然後……他說……躲在灌木叢裡，等到他來找我。他會很生氣。在灌木叢裡等到他來，那是他說的。」蘭尼回頭看看那個死掉的年輕女子。小狗躺在她旁邊。蘭尼把小狗撿了起來，他說：「我來把牠扔掉，事情已經太糟糕了。」他把小狗放在大衣底下，人爬到穀倉的牆上，從裂縫瞥了一下外面的丟馬蹄鐵比賽，然後他從最後一個馬槽的後面跑了出去。

牆上太陽的光線已經爬到高處，穀倉裡的光線愈來愈柔和。卷哥的太太仰躺著，一半的身體被乾草掩蓋。

穀倉裡非常安靜，整座農場洋溢著午後的靜謐，甚至連丟出去的馬蹄鐵，連比賽中男人的聲音，都似乎漸漸安靜下來。和外面的日照相比，穀倉裡已經有些昏暗。一隻鴿子從敞開的門縫飛進來，盤旋了一下，又飛出去。從最後一個馬廄附近，一隻瘦長的母牧羊犬走了進來，乳房沉甸甸地垂著。牠往放小狗的箱子走去，走到一半，牠聞到卷哥太太屍體的味道，毛沿著背脊豎了起來。牠低聲吼叫，害怕地看看放小狗的箱子，然後跳進那堆小狗之中。

卷哥太太的身體半掩在黃色乾草之中。卑鄙、算計、不滿、得不到注意——所有這些表情都從她臉上消失了。她很漂亮，又單純，有一張甜美年輕的臉。她上了妝的雙頰和塗著口紅的嘴唇讓她看起來像是還活著，像是睡得很甜。她如小香腸一般掛著的卷髮，散在腦袋後面的乾草上。她的嘴唇微微張開。

有些時候，一個片刻不只是一個片刻，而是一個徘徊不去的定點。聲音停止，運動停止，停住好久好久。

然後漸漸地，時間又被喚醒，拖著腳步前進。在飼料架的另一頭，馬兒跺著腳，頸圈的鏈條框啷作響。在外面，那群男人的聲音愈來愈大，愈來愈清楚。

從最後一個馬廄後面傳來老甘的聲音。「蘭尼。」他叫道：「哈囉，蘭尼！你在這裡嗎？我跟你說，我在算我們可以怎麼做，蘭尼。」老甘從最後一個馬廄旁冒出來。「蘭尼！」他又叫了一聲。然後他停住了，全身僵硬。他用斷掉的手腕摩擦白色的短鬍鬚。「我不知道妳在這裡。」他對卷哥的太太說。

她沒有回答，於是他走近了一些。「妳不應該在這裡睡覺。」他搖頭說。他站到她旁邊。「啊，什麼鬼，幹！」他無助地環顧四周，搓了一下鬍子。然後他拔腿迅速離開穀倉。

但是穀倉已經醒過來了。馬兒踩踏著，悶哼著，嚼著鋪在地上當床用的稻草，頸圈上的鏈條撞來撞去。過了一會兒，老甘回來了，喬治和他一起。

喬治說：「你要叫我看什麼？」

老甘指指卷哥的太太，喬治凝視著。「她怎麼了？」他問。他走近了些，然後他說了和老甘一樣的話：「啊，什麼鬼，幹！」他跪在她身旁，把手放在她的心臟上。最後，他站了起來，慢慢地、僵硬地站了起來。他臉色凝重，變得像木頭一樣，眼神嚴肅。

老甘說：「誰做的？」

喬治冷冷地看著他。「你不知道嗎？」他問。老甘沒有說話。「我早就知道。」喬治絕望地說：「我想我也許早就想過了。」

老甘問：「我們現在要怎麼辦，喬治？我們現在要怎麼辦？」

喬治過了很久才回答：「我想……我們……要跟大家說。現在只能把他抓起來了，把他關起來。我們不能放過他。那個可憐的混蛋會餓死。」他想要安慰自己。「也許他們會把他關起來，不會搞死他。」

但是老甘激動地說：「我們應該要讓他逃走。你不知道卷哥，卷哥一定會說要動私刑，把他殺了。卷哥會殺了他。」

喬治看著老甘的嘴唇。「對。」他最後開口：「沒錯，卷哥會殺了他，其他人也會。」然後他回頭看著卷哥的太太。

老甘說出了他最大的恐懼：「你和我可以去買那塊地。喬治，我們去吧？你和我可以去那裡住得很好，我們不能這樣做嗎？喬治，我們走吧？」

在喬治回答之前，老甘低下頭看著乾草。他心知肚明。

喬治輕聲說：「我想我從一開始就知道了，我知道我們永遠買不到那塊地。他一直都好喜歡聽我說以後的事情，說著說著，我都覺得我們要實現了。」

「那什麼都沒了嗎？」老甘含糊地說。

喬治沒有回答他的問題。他說：「我會再工作一個月，賺我的五十塊，然後去一間爛妓院待整晚，不然就去打撞球，打到人都走光了為止。然後我會再回去工作一個月！再賺五十塊。」

老甘說：「他是一個很好的人，我不覺得他會做出這樣的事情。」

喬治仍然盯著卷哥的太太。他說：「蘭尼從來不是要使壞。他做了很多壞事，但從來都不是因為心壞。」他站了起來，回頭看著老甘。「你聽我說，我們得告訴那些傢伙。他們會抓住他，我想沒有其他方法了，也許他們不會傷害他。」他口氣變得直接：「我不會讓他們傷害蘭尼。你聽好，大家可能會以為這件事我也有份。現在我要去工寮。你等一下再出去跟大家說，然後我再過來，裝作好像我都不知道。這樣，你可以嗎？這樣這些傢伙才不會以為跟我有關。」

老甘說：「當然，喬治。我會照做。」

「好，那給我幾分鐘，然後你就快跑出來，告訴大家你剛發現她。那我走了。」喬治轉過身，迅速走出穀倉。

老甘看著喬治離開。他無助地回頭看著卷哥的太太，漸漸將他的悲傷和憤怒化作言語。「妳這不要臉的臭婊子！」他惡毒地說：「妳幹的好事。妳很高興對不對？所有人都知道妳會把事情弄得一團亂。妳以前很爛，現在也爛，爛婊子一個！」他擤擤鼻子，聲音顫抖。「我原本可以整理花園，幫他們洗碗。」他停了下來，然後改變語氣，開始重複起之前的夢話：「如果有馬戲團來或棒球比賽……我們可以去看……只要說『工作要幹嘛』，就可以出門，也不用問誰。然後有豬，有雞……然後在冬天……那個很好用的小火爐……然後下雨了……就坐在那裡。」他的眼睛滿是淚水，他轉過身，虛弱地走出穀倉，用斷掉的手腕摩擦著短短的鬍鬚。

外頭比賽的聲音停止了，取而代之的是人們高聲問話的聲音和紛沓的腳步聲。一群人衝進穀倉。修老大、大卡、年輕的阿輝、卷哥，還有歪仔，落在大家注意範圍之外。老甘緊隨其後，最後是喬治。喬治穿著他的藍色牛仔外套，鈕扣都扣著，他的黑帽子壓得很低，遮著眼睛。這些人跑到最後一個馬廄附近。他們的目光在昏暗中發現了卷哥的太太，他們全停住站著不動，看著。

修老大安靜地走到她身邊，感覺了一下她的手腕，然後用瘦長的手指摸摸她的臉頰，手伸到略微扭曲的脖子底下，感覺一下她的脖子。當他站起來時，大家擠上前去七嘴八舌地提問。

卷哥像是突然醒悟過來。「我知道是誰幹的。」他大叫：「是那個爛婊子生的混蛋幹的，我知道是他，其他人都在外面玩馬蹄鐵。」他愈來愈生氣。「我要去抓他，我去拿槍，我要親手殺了那個婊子養的混蛋，我要對著他的肚子掃射。走吧！」他瘋狂地跑出穀倉。大卡說：「我去拿我的手槍。」他也跑了出去。

修老大靜靜地轉向喬治。他說：「我想是蘭尼做的。她的脖子斷了，蘭尼折得斷。」

喬治沒有回答，但他緩慢點點頭。他的帽子戴得很低，幾乎完全遮住了眼睛。

修老大繼續說：「也許就像你說過在雜草鎮發生的事情。」

喬治又點了點頭。

修老大嘆了口氣。「嗯，我想我們要去抓他。你覺得他可能會去哪裡？」

喬治似乎需要一段時間才能發出聲音。他說：「他會往南走。我們從北邊來的，所以他會往南。」

修老大又說了一次：「我想我們要去抓他。」

喬治走近了一些：「我們抓到他以後，不能把他關起來就好嗎？他腦袋壞了，修老大，可是他從來就不是故意要做壞事。」

修老大點點頭。他說：「也許可以。如果我們能讓卷哥留下來，我們可能就可以那樣。但是卷哥想要殺他。卷哥還在為手受傷的事情生氣。而且，如果他們把他關起來，用繩子捆起來關在籠子裡，那也不好，喬治。」

「我知道。」喬治說：「我知道。」

大卡跑了進來。他大喊：「那個混蛋偷了我的手槍，沒有在我的袋子裡。」卷哥跟在後面，用好的手握著獵槍。他現在冷靜下來了。

「好，大家聽我說，」他說：「黑鬼有一把獵槍。大卡，你去拿。你如果看到那個混蛋，不要給他任何機會，直接給我開槍打爛他的肚子，把他轟倒。」

阿輝興奮地說：「我沒有槍。」

卷哥說：「你去索立鎮的警局，找艾爾．威爾特，他是副警長。快去。」他轉向喬治，充滿懷疑地看著他。「你要跟我們一起來嗎？」

「對。」喬治說：「我會一起去。但是，卷哥，你聽我說，那個可憐的混蛋腦袋有洞。別開槍啦，他不知道他自己在幹嘛。」

「不開槍嗎？」卷哥大叫：「他有大卡的手槍。我一定會開槍。」

喬治輕聲說：「也許大卡把槍搞丟了。」

大卡說：「我今天早上還有看到，槍一定是被拿走了。」

修老大站著，低頭看著卷哥的太太。他說：「卷哥，或許你最好和你太太待在這裡。」

卷哥滿臉漲紅。「我要去抓人。」他說：「就算我只有一隻手，我也要開槍殺了那個大混蛋，我要他死。」

修老大轉向老甘：「那老甘，你就和她一起待在這裡。我們其他人最好趕快出發吧。」

他們走了。喬治在老甘旁邊停了一會兒，他們兩個人都低頭看著那個死去的年輕女子，直到卷哥大喊：「喬治！你給我好好跟著，不要給我玩把戲。」

喬治慢慢跟在他們後面，沉重地拖著腳步。

他們都離開了之後，老甘蹲在乾草堆上，看著卷哥太太的臉。「可憐的混蛋。」他輕聲說。

男人們的聲音愈來愈遠。穀倉逐漸變暗，馬兒在馬廄裡動來動去，晃動著頸圈上的鏈條。老甘躺在乾草上，用手臂遮住眼睛。

第六章

薩利納斯河深綠色的水池在午後靜止不動。太陽已經離開了山谷，慢慢爬上加比蘭山脈的山坡。山頂在陽光下染成一片玫瑰色。池畔斑駁的美國梧桐旁邊，有一片宜人的蔭。

一條水蛇順溜地滑過水面，潛望鏡一般的頭轉來轉去，從池子的一端游到另一端，最後來到站在淺灘上一動也不動的鷺鷥腳邊。鷺鷥沉靜的頭和喙突然往下一刺，咬住那隻水蛇的頭，一口吞下，只剩蛇的尾巴露在外面瘋狂亂舞。

一陣風從遠方吹過來，掀起狂風，吹得樹頂的葉子起伏如波浪，梧桐的葉子翻到了銀色那一面，地上乾枯的褐色落葉也移動了好幾公尺，池子的綠色水面晃動著。

風來得快也去得快，空地又安靜下來。鷺鷥站在淺灘，一動也不動地等待著。另一條小蛇在池中游動，像潛望鏡一樣的頭轉來轉去。

突然，蘭尼從灌木叢裡鑽了出來。他悄悄地出現，就像一頭爬行的熊在移動。鷺鷥重重拍起翅膀，從水面飛起，往河的下游飛去。小水蛇游進了池邊的蘆葦叢中。

蘭尼悄悄來到池子的邊緣。他跪坐下來喝水，但嘴唇幾乎還沒碰到水，就有一隻小鳥從他後方的枯葉上跳過，嚇得他猛地抬起頭來，用眼睛和耳朵查看聲音的來源，等到他認清那是一隻鳥，才又垂下頭喝起水來。

喝完水，他坐在河岸上，面向小徑的入口。他抱著膝蓋，下巴靠在膝蓋上。

光線從山谷中爬走。隨著光線逐漸退離，山頂似乎像著了火似的愈來愈亮。

蘭尼輕聲說：「我當然沒有忘記。幹，躲在灌木叢裡等喬治。」他把帽子往下拉到遮住眼睛。他說：「喬治會打死我。喬治會希望他自己一個人，不要我打擾他。」他轉過頭，看著明亮的山頂。他說：「我可以馬上去山上，找一個山洞。」然後他難過地繼續說：「但沒有番茄醬可以吃，可是我不在乎。如果喬治不想要我……我會走開，我會走開。」

蘭尼的腦袋裡冒出一個矮矮胖胖的老婦人，她戴著厚實的圓框眼鏡，穿著有口袋的大方格圍裙，她的衣服漿得很挺，人很安靜。她站在蘭尼面前，手放在屁股上，對他不以為然地皺起眉頭。

當她說話時，是蘭尼的聲音。她說：「我一直講一直講，我叫你照顧喬治，他是個好人，對你也很好，但是你永遠都不小心，你都做壞事。」

蘭尼回答：「我有努力試啊，克拉拉姨媽。我試了又試，就是沒辦法。」

「你永遠都不會為喬治想。」她繼續用蘭尼的聲音說：「他一直對你很好。如果他有一塊派，你一定會有一半，或把大塊的給你。如果有番茄醬，他會把全部都給你。」

「我知道。」蘭尼可憐兮兮地說：「我試過，克拉拉姨媽。我試了又試。」

她打斷他，說道：「一直以來，如果不是你，他可以過上好日子，他可以拿自己的薪水去妓院找樂子，他可以去撞球間打一場司諾克，但是他要照顧你。」

蘭尼悲哀地說：「我知道，克拉拉姨媽。我馬上去山上，我去找一個山洞，我去住在那裡，這樣我就不會再給喬治找麻煩了。」

「你只會說，」她厲聲道：「你每次都這樣說，你很清楚自己永遠不會這麼做。你就是這樣一直賴著不走，把喬治麻煩到死。」

蘭尼說：「我乾脆離開好了，反正現在喬治也不會讓我養兔子了。」

克拉拉姨媽不見了。在蘭尼的腦袋中，換成出現一隻巨大的兔子。牠蹲坐著，搖搖耳朵，朝蘭尼皺了皺鼻子。牠也以蘭尼的聲音說話。

「養兔子？」兔子輕蔑地說：「你這腦袋有洞的混蛋，你連舔兔子的鞋子都不夠格。你會忘記，然後牠們會肚子餓沒東西吃，你就是會這樣，然後喬治會怎麼想？」

蘭尼大聲說：「我不會忘記。」

兔子說：「怎麼可能？連用上過油的千斤頂把你撞進地獄都不值得。拜託，喬治為你做了一切，讓你從水溝逃走，但還是沒有用。你以為喬治會讓你養兔子嗎？那你真是瘋到沒救了。他才不會，他會用棍子把你打死，他會這樣子做。」

這時，蘭尼不甘示弱地反駁：「他才不會這樣，喬治不會那樣做，我從……我忘記了……就認識喬治了。他從來不會用棍子打我，他對我很好，他才不惡毒。」

兔子說：「才怪，他討厭你。他會打死你，然後走掉、離開你。」

「他才不會。」蘭尼狂哭：「他不會那樣做。我知道喬治是怎樣的人，我和他一起四處討生活。」

但是兔子不斷地輕聲重複：「他會離開你，你這腦袋有洞的混蛋。他會留你一個人，他會離開你這個腦袋有洞的混蛋！」

蘭尼摀住耳朵。「他不會，我告訴你他不會。」然後他大喊：「哦！喬治——喬治——喬治！」

喬治悄悄地從灌木叢中出來，兔子快速跑回蘭尼的腦中。

喬治小聲地說：「你到底在叫什麼？」

蘭尼跪了起來。「你不會離開我吧，喬治？我知道你不會。」

喬治身體僵硬地走近，坐在他旁邊。「不會。」

「我就知道。」蘭尼大叫：「你不是那種人。」

喬治沉默了。

蘭尼說：「喬治？」

「什麼？」

「我又做了一件壞事。」

「沒差了。」喬治說，然後他又沉默了。

現在只有最高的山脊有陽光。山谷中的陰影是柔和的藍。遠處傳來男人彼此呼喊的聲音。喬治轉過頭，聽著喊叫聲。

蘭尼說：「喬治。」

「什麼？」

「你不罵我嗎？」

「罵你？」

「對啊，就像你以前那樣。比如說，你會說，『如果我沒有你，我會拿我的五十塊——』」

「幹他媽的，蘭尼！你不記得發生什麼事，卻記得我說過的每一句話。」

「你這次不這樣說嗎？」

喬治搖搖頭。他木然地說道：「如果我自己一個人，可以過得多輕鬆。」他的聲音單調，沒有抑揚頓挫。「我可以找一份工作，生活沒有麻煩。」他停了下來。

「繼續說。」蘭尼說：「到了月底——」

「到了月底，我可以拿著我的五十塊去一間……妓院……」他又停了下來。

蘭尼熱切地看著他。「繼續說啊，喬治。你不會再罵我了吧？」

「不會了。」喬治說。

蘭尼說：「因為，我可以走開。我馬上去山上，如果你不要我，那我就去找個山洞。」

喬治又搖了搖頭。「不要。」他說：「我希望你待在這裡，和我在一起。」

蘭尼狡猾地說：「像以前一樣說給我聽。」

「說什麼？」

「說別人和我們。」

喬治說：「像我們這樣的人沒有家庭。賺了一點錢就花光光。他們在世界上沒有任何人可以依靠，沒有人在乎他們——」

「但我們不一樣。」蘭尼高興地叫道：「現在說我們。」

喬治安靜了片刻。他說：「但我們不一樣。」

「因為——」

「因為我有你——」

「然後你有我！我們有彼此，這就是為什麼，所以我們不一樣。」蘭尼洋洋得意地喊道。

夜晚的微風吹拂著空地，樹葉沙沙作響，風讓綠色的水池有了起伏。男人的喊叫聲再次傳來，這次聲音比之前離得更近了。

喬治摘下帽子。他的聲音有些顫抖：「把帽子脫掉，蘭尼，空氣很舒服。」

蘭尼聽話地脫掉帽子，放在他面前的地上。山谷中的陰影更藍了，夜晚迅速降臨。從灌木叢那裡隨風傳來了什麼東西互相碰撞的聲音。

蘭尼說：「說說以後會怎樣。」

喬治一直在聽遠處的聲音。有這麼一刻他變得鄭重。「往河的對岸看，蘭尼，這樣我在說的時候，你就幾乎可以看到那個地方了。」

蘭尼轉過頭，望向池子的另一頭，沿著加比倫山脈漸漸暗去的山坡向上看。

喬治開始說：「我們會有一小塊地。」他伸手從旁邊的口袋拿出大卡的手槍，扳開保險，他的手和手槍放在蘭尼背後的地上。他看著蘭尼的後腦勺，看著脊椎和頭骨相連的地方。

一個男人的聲音從河上游的方向傳來，另一個男人回應。

「繼續說。」蘭尼說。

喬治舉起槍，他的手抖動著，他把手又放回地上。

「繼續，」蘭尼說：「以後會怎樣？我們會有一小塊地。」

喬治說：「我們會有一頭牛，或許一頭豬和幾隻雞……在屋子後面的平地，我們會有……一小塊苜蓿田——」

「給兔子的。」蘭尼大喊。

「給兔子的。」喬治又說了一次。

「而且我會照顧兔子。」

「而且你會照顧兔子。」

蘭尼高興得咯咯笑：「靠土地生活。」

「對。」

蘭尼轉過頭來。

「不可以，蘭尼。往河的下游看，你幾乎可以看到那個地方。」

蘭尼聽話照做。喬治低頭看著槍。

現在，灌木叢傳來重重的腳步聲。喬治轉過身，朝聲音的方向看去。

「繼續說呀，喬治。我們什麼時候要去買地？」

「很快。」

「我和你。」

「你……和我。每個人都會對你很好，不會再有麻煩了，沒有人會傷害別人，也不會從別人身上偷東西。」

蘭尼說：「喬治，我以為你生我的氣。」

「沒有。」喬治說：「我沒有生氣，蘭尼。我沒有生氣過，我現在也沒有生氣。我要你知道這件事。」

人聲近在咫尺。喬治舉起槍，聽了一下。

蘭尼懇求道：「我們現在就去，我們現在就去買那塊地。」

「當然，現在。我去，我們現在就去。」

喬治舉起槍，穩住了槍，然後把槍口靠近蘭尼的後腦勺。他的手抖得很厲害，但是表情很鎮定，手也穩定了下來。他扣了扳機。槍響隨山坡傳上天空，又回盪下來。蘭尼震了一下，然後慢慢面朝沙子倒下，一動也不動地躺著。

喬治全身顫抖，看著槍，然後把槍扔了出去。他回到岸邊，靠近那堆灰燼。

灌木叢似乎充滿了喊叫聲和奔跑的聲音。修老大的聲音喊道：「喬治，你在哪裡，喬治？」

但是喬治在岸邊全身僵硬地坐著，看著把槍扔掉的右手。一群人衝進空地，卷哥帶頭。他看到蘭尼躺在沙地上。「幹！老天有眼，逮到他了。」他走過去，低頭看看蘭尼，然後又回頭看看喬治。「正中後腦杓。」他輕聲說。

修老大直接來到喬治身邊，在他旁邊坐下，非常靠近他。「你不要在意。」修老大說：「人有時候不得不。」

但是大卡靠近喬治，緊盯著他看。「你怎麼辦到的？」他問。

「就這樣。」喬治疲倦地說。

「他拿了我的槍嗎？」

「對，他拿了你的槍。」

「然後你把槍拿走，然後你開槍殺了他？」

「對，就是這樣。」喬治的聲音幾乎是耳語。他堅定地看著之前拿槍的右手。

修老大搖搖喬治的手肘：「來吧，喬治。我和你去喝一杯。」

喬治讓修老大幫忙他站起來：「好，喝一杯。」

修老大說：「喬治，你一定要喝，我說真的，你一定要喝。跟我來。」他帶著喬治走入小徑，然後朝公路走去。

卷哥和大卡看著他們的背影。大卡說：「你覺得那兩個人是在搞什麼鬼東西？」

國家圖書館出版品預行編目 (CIP) 資料

人鼠之間 : 諾貝爾文學獎得主 ,20 世紀美國最偉大的文學作品之一 / 約翰 . 史坦貝克 (John Ernst Steinbeck,Jr.) 著 ; 蔡宗翰譯 . -- 二版 . -- 新北市 : 如果出版 : 大雁出版基地發行 , 2024.12

面； 公分

譯自 : Of mice and men.

ISBN 978-626-7498-57-6(平裝)

874.57 113016901

人鼠之間（諾貝爾文學獎得主，20 世紀美國最偉大的文學作品之一）

Of Mice and Men

作　　者——約翰・史坦貝克（John Ernst Steinbeck, Jr.）
譯　　者——蔡宗翰
封面設計——萬勝安
責任編輯——鄭襄憶
行銷業務——王綬晨、邱紹溢、劉文雅
行銷企劃——黃羿潔
副總編輯——張海靜
總 編 輯——王思迅
發 行 人——蘇拾平
出　　版——如果出版
發　　行——大雁出版基地
地　　址——231030 新北市新店區北新路三段 207-3 號 5 樓
電　　話——02-8913-1005
傳　　真——02-8913-1056
讀者服務信箱 E-mail——andbooks@andbooks.com.tw
劃撥帳號——19983379
戶　　名——大雁文化事業股份有限公司
出版日期——2024 年 12 月 二版
定　　價——300 元
I S B N——978-626-7498-57-6

歡迎光臨大雁出版基地官網
www.andbooks.com.tw

如果